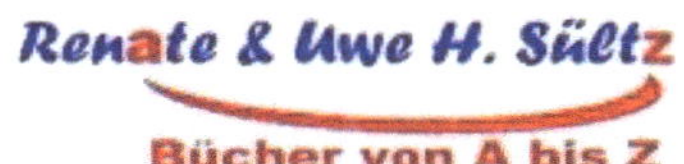

Freddy Vogt
SCHWARZE SONNE

Uwe H. Sültz

POLICE IN THE UNIVERSE

&

Das Weiße im Schwarzen Loch

SCIENCE FICTION
aus
KÖNIGSBORN

BoD - Books on Demand
Norderstedt 2021

Bibliografische Information durch die Deutsche Nationalbibliothek
Die Deutsche Nationalbibliothek verzeichnet diese Publikation in der
Deutschen Nationalbibliografie; detaillierte bibliografische Daten
sind im Internet über http://dnb.dnb.de abrufbar.

Lesebrille vergessen?

Sültz Bücher mit der größeren Schrift!

Inhalt:

Bücher aus Königsborn

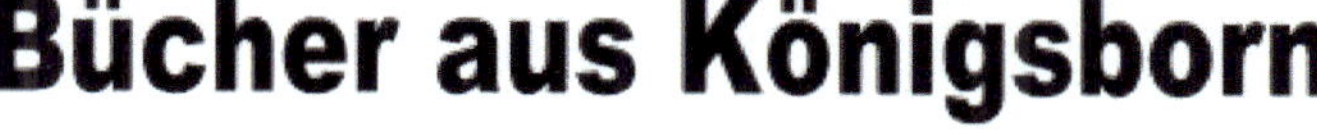

bei

SÜLTZ

BÜCHER

Die R.G.WARDENGA-Buchreihe bei SÜLTZ BÜCHER

Mein
Blutdruck-
Tagebuch

Ess-Tagebuch
Diät-Tagebuch   Abnehm-Tagebuch

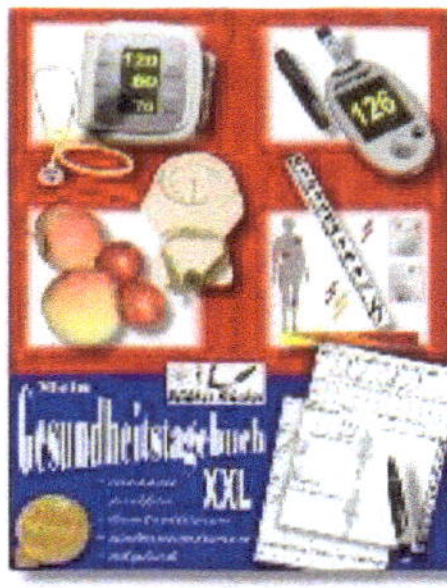
Mein
Gesundheitstagebuch XXL

Raus aus der Depression
Mein Tagebuch

NEU!
für 6 Wochen
Pflegetagebuch
für Menschen mit Demenz
inkl. Erinnerungstherapie-Protokoll & Training

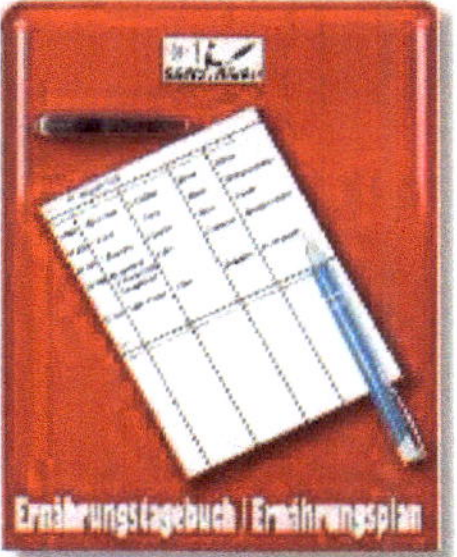
Ernährungstagebuch / Ernährungsplan

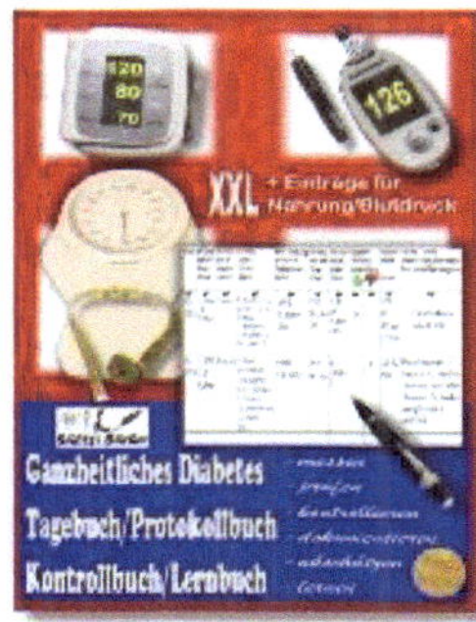
XXL + Einträge für
Nahrung/Blutdruck
Ganzheitliches Diabetes
Tagebuch/Protokollbuch
Kontrollbuch/Lernbuch

Mein
Reha- und Kur-
Tagebuch

Beschwerde-Tagebuch-Protokollbuch
Dokumentieren Sie Ihre Schmerzen!
XXL

DIABETES · TAGEBUCH XXL
BLUTZUCKERSPIEGEL - TAGEBUCH
...für
6 Einträge
pro Tag!
...für
180 Tage!
Aus der bereits bekannten Buchreihe:

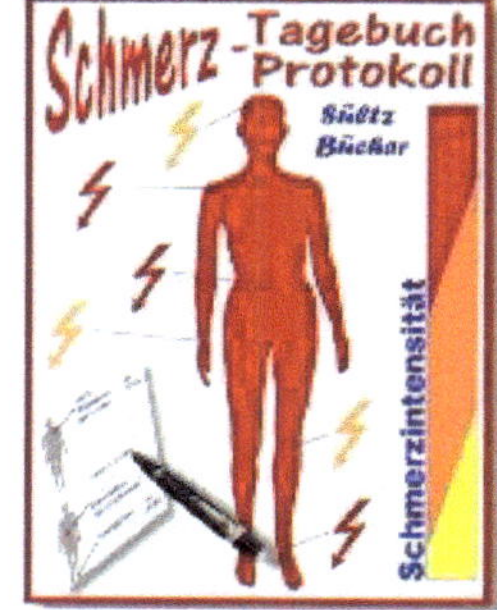
Schmerz-Tagebuch
Protokoll
Sültz
Bücher
Schmerzintensität

Schmerztagebuch
"Bleiben Sie gesund"
BoD

Für BENZIN und DIESEL
FAHRTENBUCH
FÜR ALLE FAHRZEUGE

Sueltz Books
INTERNATIONAL
KFZ SERVICE
Wartungsheft
Inspektionsheft
Dieses Automobil ist
SCHECKHEFTGEPFLEGT
Scheckheft
Serviceheft

Kraftfahrzeug
SERVICELEISTUNGEN
INSPEKTIONSHEFT

Notizbuch für FERRARI Fahrer
D

Kraftfahrzeug
TANKHEFT
... inkl. Kontrollen für Luftdruck, Rand Steinschlägen/Dellen

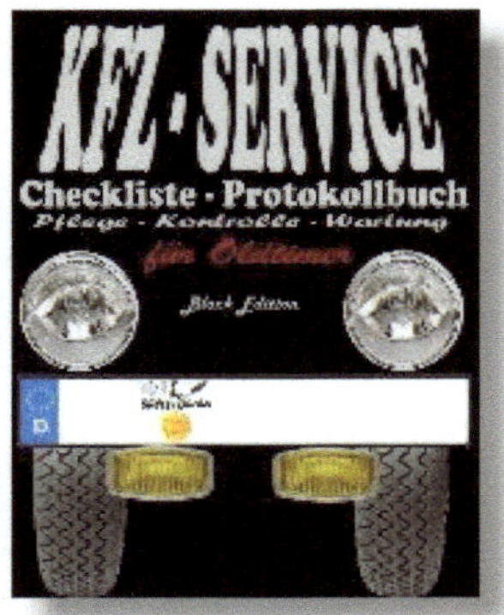
KFZ - SERVICE
Checkliste - Protokollbuch
Pflege - Kontrolle - Wartung
für Oldtimer
Black Edition
D

Notizbuch für
PORSCHE Fahrer
Sültz Bücher
D

OLDTIMER
Im Frühling
erwacht
der Oldtimer
OLDTIMER
KFZ CHECKLISTEN
PROTOKOLLE
KONTROLLEN
D

KFZ - SERVICE
Checkliste - Protokollbuch
Pflege - Kontrolle - Wartung
Black Edition
D

GAS STATION
GASOLINE BOOKLET

KFZ
bei
SÜLTZ
BÜCHER

GAS STATION
Tankheft

Das Weiße im Schwarzen Loch

Autor: Uwe H. Sültz

„Captain Cliff Danzer an Basis-Kontrolle! Wir senden erste Aufzeichnungen und Analysen der Sonden aus dem Schwarzen Loch zu. In der äußeren Umlaufbahn können wir noch etwa vier Stunden verbleiben, dann folgt der Rücksturz in den freien Raum."

Cliff Danzer ist Raumschiffkommandant der GLOBAL PEACE TWO. Das Raumschiff ist mit modernster Technik des 26. Jahrhundert ausgerüstet, um Schwarze Löcher im Universum zu untersuchen. Die 126 Crewmitglieder sind meist Wissenschaftler, da das Raumschiff vollautomatisch von einem Supercomputer der Helos-8000-Serie gesteuert wird. Hauptbestandteil des Bionetic-Computers ist das verstorbene Gehirn von Professor Dan Laurenson, der die Helos-Serie entwickelt hatte. Die Helos-6000-Serie hatte bereits das Universum erklärbar gemacht. Die 7000-Serie entwickelte dann die **STIT**-Weltraumreisen,
SPACE TRAVEL IMMEDIATELY THERE.

Dabei bedient man sich der Dunklen Materie und Energie, die überall im Universum vorhanden sind. Wie Professor Dan Laurenson es erkannte: „Das HIER ist auch sofort das DORT im Universum, man muss nur die Dunkle Materie und die Dunkle Energie verstehen!" Mit dem Raumschiff GLOBAL PEACE TWO war man nun in der Lage, sofort hier und überall dort zu sein. Man nutzte zwar die Dunkle Materie und Energie, aber es standen immer noch Fragen an, genauso wie bei den Schwarzen Löchern. Nun aber sollten die letzten Geheimnisse gelüftet werden. „Die Sonden sind zum Start bereit", verkündete Ingenieur Robert Woggon. „Captain an Helos, Start durchführen, Aufnahme und Analyse starten. Captain Status Delta 58", sagte Danzer auf der Brücke.

Die Sonden starteten und wurden sogleich vom Schwarzen Loch angezogen. Gespannt sahen alle Crew-Mitglieder auf ihre Monitore. Sie sahen, wie die Sonden wie Spagetti gedehnt wurden. Sie übertrugen weiterhin Daten und Bilder. Es war unwahrscheinlich grell im Schwarzen Loch. Immer schneller wurden die Sonden angezogen. Immer höher wurde die Rechenleistung des Computers Helos. Gleichzeitig wurden alle Daten in Richtung Erde gesendet. 30.000 Lichtjahre waren zu überbrücken. Wie gesagt, das funktionierte nur mit STIT.

Auf der Erde sah man gespannt zu. „Basis-Kontrolle an GLOBAL PEACE TWO. Täuscht es oder steht ihr alle wirklich bewegungslos vor den Monitoren?", so ertönte es aus der Kommunikation.

Und in der Tat, die Crew bemerkte nicht, dass durch die
gewaltige Rechenleistung Helos am Leistungsende war.
Langsam driftete das Raumschiff zum Kern des
Schwarzen Lochs. Jeder Meter pro Sekunde kam es der
Crew wie Stunden vor. Die Informationen, die Bilder und
die Eindrücke, waren an den Bildschirmen
atemberaubend. Noch nie sah man Atome, Protonen,
Neutronen und Elektronen langgezogen wie
Regenwürmer. Noch nie sah man gedehnte Lichtpartikel
eines Lichtstrahls.

„Basis-Kontrolle an GLOBAL PEACE TWO! Ihr müsst den Rückschub starten! Sofort! Ihr werdet zu stark in das Loch gezogen!" Keine Reaktion auf dem Raumschiff. Niemand rührte sich. Die Kontrollen der Herzfunktion zeigten einen Schlag pro Stunde an. Aber alle Informationen wurden weiterhin zur Basis-Kontrolle gesendet.

Ob, wie, und was die Crew nun alles sah, auf der Erde konnte man es nur ahnen, denn die Bilder sendeten ununterbrochen weiter. Es wurde heller und heller. Die Kameras der Raumschiffbrücke sendeten nun nicht mehr, die Außenkameras funktionierten noch einwandfrei, wahrscheinlich brach das Raumschiff bereits auseinander.

Auf den Bildschirmen waren nun grelle Strudel zu sehen. Waren Kameras tatsächlich durch das Schwarze Loch gezogen worden? Dann vermutete man am Ende des Schwarzen Lochs wieder den dunklen Weltraum, oder? Oder das Nichts? Oder Gott? Die Bildschirme blieben aber hell. Hin und wieder dachten einige Wissenschaftler in der Basis-Kontrolle, dass sie Gesichter gesehen haben wollten oder Schleier. Nichts Genaues wusste man. Die Kameras blieben über Jahrzehnte eingeschaltet. Alles eigenartig und mysteriös. Vielleicht zeigen sie auch heute noch etwas an. Nur erlebte dies der Leiter der Basis-Kontrolle und Freund von Cliff Danzer, Jack Townsend, nicht mehr. Seine letzten Stunden verbrachte er in den Armen seiner Frau. „Gehe zum Licht", flüsterte Amy ihrem Mann zu. „Ich sehe Hände, Hände die mich tragen wollen, Hände, die mich nach oben ziehen wollen. Ich sehe in der Ferne ein Licht. Es kommt näher und näher", sprach Jack. „Gehe darauf zu, bitte", flüsterte Amy weiter. „Ich sehe ein Gesicht. Die Hände tragen mich weiter zum Licht. Es… es ist… nein… ich kann es kaum glauben… es ist mein Freund Cliff. Ich liebe dich, Amy. Ich weiß nun, wir sehen uns wieder." Jacks Seele löste sich vom Körper und stieg zum Licht auf.

„Hallo, mein lieber Freund", so wurde Jack von seinem Freund Cliff empfangen. „Ich habe diese Gestalt kurz angenommen, damit du mich erkennst.
Ansonsten sind wir formlose Energiewolken in dieser Dimension. Es ist die Dimension aller guten Seelen, aller Universen, in einem unendlich großen Raum, dem Omnium. Als wir mit dem Raumschiff vom Schwarzen Loch angezogen wurden, trennte sich der Geist vom Körper. Der Körper wurde in alle Einzelteile zerlegt und komprimiert. Der Geist dagegen erhielt freien Durchgang direkt ins Licht, direkt in die nächste Dimension. Nun komm' mit mir, mein Freund, deine Familie und Freunde erwarten dich bereits."

Es ist also alles ein großer Kreislauf auf der Erde, im Universum, im Leben, in der Liebe, im Nichts, denn das Nichts ist eben ein Etwas!

SCHWARZE SONNE

Autor: Freddy Vogt

Es ist der dreißigste Tag seit dem Ereignis. Die Sonne scheint schwarz über dem Tal. Major Jenkins schaut auf die Blue Rigde Mountains. Die Welt, wie wir sie kennen, ist Vergangenheit. Er denkt an seinen letzten normalen Arbeitstag. Der Tag, als aus heiterem Himmel die Katastrophe kam…

Vier Wochen vorher…
Ein ganz normaler Morgen. Major Jenkins nähert sich gegen sieben Uhr dem ersten Sicherungsposten. Dahinter liegt nach drei weiteren Sicherheitslinien der Eingang in den Berg. Die Kommandozentrale NORAD. Wie jeden Tag fährt er vor, lässt die Scheibe seines Autos herunter und zückt seinen Ausweis, einen roten Ausweis. Sicherheitsstufe DREI. Der Wachposten kontrolliert wie jeden Morgen akribisch das Dokument. Dann geht er in seine Baracke und holt den Fingerabdruckscanner und prüft: „Alles OK... weiterfahren". Das schwere Tor öffnet sich. Und wie jeden Morgen fährt Jenkins danach wieder zu seinen Parkplatz. Es ist ein schöner Morgen. Die Sonne geht über den Gipfeln der Berge auf. Das erste Sonnenlicht spiegelt sich in den wenigen Autos auf dem Parkplatz. Der Weg zu seinem Büro führt durch die

riesigen, schweren Tore und Schleusen im Berg. Er geht durch die große Halle. Am Fahrstuhl grüßen die Wachtposten. ‚Gute Marines‘, denkt Jenkins grüßend als die Fahrstuhltür mit einem Zischen schließt.
Fahrstuhl 13 bringt ihn in Sekunden wie jeden Morgen auf Ebene 6. Im Vorraum seines Büros sitzt Emma. Wie jeden Tag ist auch der Kaffee fertig. „Was gibt es Neues Emma?“, fragt Jenkins.
„8 Uhr 30, eine Lagebesprechung mit den Abteilungsleitern. Danach ein Meeting mit General Macdave.“
Macdave, er ist ein Highlight. Dieser alte Fuchs. Viersternegeneral der Air Force.
‚Da kommt bestimmt wieder etwas Überraschendes‘, denkt sich Jenkins. „OK, Emma“, sagt er, geht durch die Tür und setzt sich an seinen Schreibtisch. Darauf liegen die ersten Berichte. Die drei Monitore an der Wand zeigen wie immer normale Bewegungen im Erdnahen Weltraum. Ein ganz normaler Morgen. Die Tür öffnet sich und Emma bringt den Kaffee. Schwarz, wie die Nacht. Emma kennt das. Sie sitzt mittlerweile fünf Jahre im Vorzimmer von Jenkins. Im Nebenraum hört man Gespräche von zwei Soldaten. ‚Eine interessante Unterhaltung‘, denkt Jenkins so in sich hinein. Dann überkommt ihn ein Schauer… warum klingen die beiden so aufgeregt? Ein Blick auf die Monitore. Etwas ist anders… Das Alarmsignal weckt Jenkins aus seinen Gedanken. Mit dem Alarm ist auch sein Büro

schlagartig in rotes Licht gehüllt. Die gesamte Abteilung ist in Aufruhr. ROTALARM. Nur ganz kurz ist Jenkins aus der Fassung. Dann aber kommt die Erfahrung von über 20 Dienstjahren zur Geltung. Schon öffnet sich die Tür vom Nebenraum. Sergeant Miller steht mit hochrotem Gesicht in der Tür.

„Sir... kommen sie bitte mal rüber und schauen sie sich das an. WAS IST DAS?" Jenkins folgt dem Sergeant in den Nebenraum, in die Zentrale. Er sieht auf den Hauptschirm…und erstarrt. So etwas hatte er noch nicht gesehen. DAS KANN NICHT SEIN: Der große Schirm zeigt den Weltraum. Man sieht den Mond. Und dann… nichts mehr. Nur noch ein rotes Nichts hinter dem Mond.

„VERBINDEN SIE MICH SOFORT MIT General Macdave!", schreit Jenkins, während er zeitgleich ein Diagnoseprogramm durchlaufen lässt.

Das Telefon schrillt. „Major Jenkins hier" Gen Macdave ist am Apparat. Noch schlaftrunken lässt sich der 63 Jährige einen Bericht geben. Jenkins berichtet: „Sir, ich habe nicht die geringste Ahnung was los ist. Von jetzt auf gleich hatten wir ROTALARM. Und unsere Monitore zeigen jenseits der Mondbahn sowas wie eine rote Mauer… nein, Sir... Fehlfunktionen können wir mit 99 prozentiger Sicherheit ausschließen… ja, Sir, wir sind schon dran. Wir zapfen erst mal alles an wo wir Daten bekommen können, Sir. Jawohl, Sir. Ich melde ihnen jede kleine Veränderung. Danke, Sir." Mittlerweile geben die

Sirenen Alarm DEFCON 3: NORAD ist erwacht. Was kommt auf uns zu?

Professor Highman schaut ungläubig auf die Bilder vom Teleskop Hubble. Was zum Teufel ist das? Eine rote Wand hinter der Mondbahn. Gerade eben beobachtete er noch die Plejaden. Und nun… ein Nichts. Es kommen plötzlich Daten rein, die unmöglich sein können. Eine rote Mauer. Highman, Professor der Astronomie und Doktor der Gravitationslehre, ist absolut ratlos.

Zeitgleich herrscht auch Aufregung bei der NASA: Es wurden mehrere Energiestöße aus den Regionen außerhalb der Mondbahn empfangen. Das gesamte Frequenzband spielt verrückt. Danach ist nur noch Stille.

**Nach dem dritten Energiestoß sind die meisten Sensoren der ISS ausgefallen. Zurzeit ist nur eine visuelle Beobachtung möglich. Captain Ruskow, Sohn russischer Einwanderer und ehemaliger Kampfpilot im Marinecorps mit Kampfeinsätzen und Doktor der Astronomie, klebt förmlich am Bullauge.
Aus den Tiefen der Station hört man den Doktor in künstlicher Intelligenz und Physiker Maschmann fluchen. Die unerwarteten Energiestöße haben das Kommunikationssystem lahmgelegt.**

Im Kontrollraum versucht der Kommunikationsexperte und Biologe, mit Abschluss an der Universität Tokio Hiro, verzweifelt eine Verbindung mit Houston herzustellen. Bisher ist aber nur Rauschen. Als wären sie allein. Captain Ruskow schaut fasziniert auf die rote Mauer, ohne zu verstehen was da passiert. „Und... was ist mit der Verbindung? Hast du Houston dran?" „Nein, Captain, nur Rauschen... so, als wenn da unten ein Nichts wäre. Der Funktionstest belegt, das alle Geräte einwandfrei arbeiten."

Immer noch hört man das Fluchen von Maschmann. „Ich habe was gefunden. Eine Platine ist geschmolzen. Unser Problem: Wir haben keine Ersatzplatine." Ruskows Gedanken überschlagen sich. Was soll er nun ohne diese Kommunikation machen? Er muss unbedingt mit Houston sprechen.

Noch in Gedanken hört er den verzweifelten Ruf von Hiro: „Captain... unsere erdabgewandten Sonnensegel glühen." Ruskow schaut ungläubig raus. Ein rotes waberndes Feld umhüllt die Sonnensegel. Nun bekommt er Angst. Er stößt sich ab vom Bullauge und schwebt so schnell er kann in die Zentrale. ‚Ich muss die Segel einfahren', denkt es sich. Angekommen in der Zentrale erlebt Ruskow die nächste unangenehme Überraschung. Offensichtlich entzieht das rote wabernde Feld der Station Energie. Die Steuerung der Sonnensegel liegt genau vor Ihm. Er betätigt den Hebel. Zu seinem Erstaunen fahren die Sonnensegel einwandfrei ein. ‚Gut soweit', denkt Ruskow, aber nun erzeugen wir nur noch 40% der Energie. Das reicht nicht lange. In dem Augenblick hört er wie Maschmann einen Freudenschrei ausstößt. „Cap, ich habe die geschmolzene Platine mit Terminal EINS überbrückt." Hiro reißt sich in dem Moment die Kopfhörer ab. Schlagartig war die Verbindung mit Houston da. Aber wer war da am anderen Ende? Nicht die gewohnte Stimme von Cap Com. ES KLANG MILITÄRISCH. Und dann hörte Hiro was ihn in Panik versetzte. „Ab sofort ist die ISS militärisches Sperrgebiet. Jegliche Kommunikation läuft ab sofort nur über diesen sicheren Kanal. Und ab sofort untersteht die Besatzung der ISS dem Omega-Protokoll." Als nächstes realisierte Hiro, dass es nur eine sich wiederholende Bandansage ist. „Cap... hören sie sich das an." Hiro gab den Kopfhörer weiter. Ruskow hörte genau zu. Danach schwebte er wortlos in seine Kabine. Hiro schaute ihm fassungslos hinterher. Was geht hier vor?

Das Telefon steht nicht still. Prof Highmann sitzt erschöpft in seinem Sessel. Es kann nicht sein. Angestrengt und nachdenkend schaut er ins Leere. Alles stürmt mit Fragen auf ihn ein. Und er weiß bisher... NICHTS.
Seit einer Stunde versucht die NASA mehrere Satelliten auf neue Bahnen zu bringen. Die ersten Daten sind physikalisch unmöglich. Die rote Mauer ist mit nichts bisher zu durchdringen. So als ob das Weltall dahinter

nicht mehr zu existieren scheint. Jeglicher Datenfluss mit Sonden außerhalb der Mondbahn ist abgebrochen. ‚Warum haben wir noch Sonnenlicht?‘, fragt sich Highman die ganze Zeit. ‚Wäre die rote Mauer einseitig durchlässig, müsste man doch auch was von den Sonden empfangen‘ Highman sitzt in seinem Sessel und denkt weiterhin scharf nach. Sein Tee in der Tasse vor ihm ist schon lange kalt. Schlagartig wird er aus seinen Gedanken gerissen. Das Telefon schellt. „Hier Prof Highman. Ja, ich warte. Oh, guten Morgen, General Macdave. Nein Sir, noch keine Erklärung. Nein, nicht im Geringsten. Nein... wir arbeiten aber mit Hochdruck daran. Ja, Sir... Wiederhören.“ Highman schaute sekundenlang auf das Telefon. Das Militär ist also genau so unwissend wie er. Und nun war er mit 66 Jahren wieder Geheimnisträger. Wie vor langer Zeit, wo er noch Uniform trug. „Ich hätte nie gedacht, dass mich das Militär noch mal am Haken hat.“, murmelt er vor sich hin. Aber es ist nun nicht zu ändern. Auf seinem Computer sieht der Professor, dass mittlerweile drei Satelliten auf geeignetere Bahnen gelenkt wurden. Aber auch die neuen Messergebnisse bringen keine Klarheit. Alles prallt von der roten Mauer ab... einfach gespenstisch. Drei Energiestöße wurden registriert. Jeder genau eine Sekunde lang. Und zwischen den Stößen war genau eine Pause von drei Sekunden. „Es ist fast unmöglich, dass sowas natürlich ist.“, murmelt Highman vor sich hin. Die Tür öffnet sich. Ein Assistent kommt herein. Er legt dem Prof neue Daten vor. Im Ergebnis sind sie nichtssagend.

Major Jenkins trinkt mittlerweile seine vierte Tasse Kaffee. Das Rotlicht ist wieder in eine normale Beleuchtung übergegangen. Nichts desto trotz ist immer noch Rot-Alarm. NORAD ist hermetisch abgeriegelt. Aber in der Zwischenzeit ist ausgeschlossen, dass dieses Phänomen irgendwas mit einer der irdischen Mächte zu tun hat. DEFCON 3 besteht weiterhin. Alle Abteilungen von NORAD arbeiten wie ein Uhrwerk zusammen. Aber auch nach nunmehr sechs Stunden weiß man nur, dass man nichts weiß. Die Kommunikation ist durch die Energiestöße teilweise gestört. GPS ist ganz ausgefallen. Der Generalstab geht bisher von einem Angriff aus. Nur ist nirgendwo ein Angreifer. Die Tür springt auf. Sgt Miller kommt herein. „Sir, wir haben da was. Im Terahertz-Strahlungsbereich scheinen wir die rote Mauer zu durchdringen. Nicht viel… aber ein Anfang." Jenkins ist wie elektrisiert. „Los… zeigen sie mal her!", ruft er, als er schon fast durch die Tür ist. Der Hauptschirm zeigt Amplituden an. Alle brechen abrupt ab. Nur die im Terahertzbereich gehen weiter. Aber Jenkins sieht auch etwas was ihn beunruhigt: „Miller, spinne ich oder ändert die Mauer ihren Rot-Ton? Ich glaube, sie wird dunkler." Nur leicht, aber doch erkennbar, wechselt die Mauer ihre Farbe. ‚Das ist nicht gut', denkt Jenkins. ‚Das ist nicht gut'

Auch auf der ISS hat man das Ändern des Farbtones erkannt. Hiro sitzt immer noch im Kontrollraum. Mittlerweile hat sich auch Maschmann zu ihm gesellt. Nun warten sie auf Ruskow. Er ist nunmehr seit fast einer Stunde in seiner hermetisch abgeriegelten Kabine. Unverhofft schwebt Ruskow in den Raum. Im Arm hat er eine rote Akte die weder Hiro noch Maschmann jemals zuvor gesehen haben. Er schaut beide streng an. Dann kommen seine Worte ernst und militärisch.
„Ab sofort öffne ich das Omega-Protokoll. Wir müssen im Moment davon ausgehen, dass ein Angriff auf die USA und die ISS stattfindet. Nachdem ich über meine Sicherheitsfrequenz mit dem Generalstab gesprochen habe, sind wir nun offiziell Militärangehörige der US Streitkräfte.“ Hiro und Maschmann schauen erst ihn und dann sich selber an. „Welche Sicherheitsfrequenz? Mit welchem Gerät?“ Hiro war nur verblüfft. Was läuft hier im Augenblick ab? Und eine Frage nagt an ihm ungemein. Was zum Teufel ist ein Omega-Protokoll? Maschmann saß die ganze Zeit unbewegt da. „Ich bin Deutscher“, murmelt er. „Wieso sollte ich nun in der US Armee sein?“ Ruskow hebt den roten Ordner. In dem Augenblick sehen die anderen beiden die Pistole an seinem Gürtel. Eine Waffe im Weltall. Ist das nicht nach internationalem Recht verboten? Aber augenblicklich erklärt Ruskow: „Das Omega-Protokoll gilt im Fall der nationalen Sicherheit. Jeder Captain auf der ISS wird

vor Abflug darauf vereidigt. Dieses Sicherheitsprotokoll wurde für einen Angriff erarbeitet. Des Weiteren erhielt die Kabine des Captains eine abgeschirmte Funkanlage mit direkter Verbindung zum Generalstab.
Während meiner Besprechung mit dem Stab haben wir die rote Mauer als Angriff auf die Erde gewertet. Mit diesem Befehl ist die ISS nun militärisches Gebiet der USA und jedes Besatzungsmitglied Angehöriger der Streitkräfte. Zum jetzigen Zeitpunkt wird ein Versorgungsraumschiff startklar gemacht. Das wäre im Augenblick alles."
Hiro schaut stumm zu Maschmann. Seine Gedanken überschlagen sich.

Major Jenkins steht am großen Monitor. Vor nicht einmal zehn Minuten wurde ihm mitgeteilt das ein Versorgungsraumschiff für die ISS bereitgemacht würde. Nun soll die Steuerung des Raumschiffes durch seine Abteilung gewährleistet werden. Dieses ist ein einmaliger Vorfall. Niemals zuvor wurde ein Raumschiff zur ISS von NORAD aus gesteuert.

Auf dem Außenmonitor sah man wie die Sonne langsam verblasst. Jenkins schaut nochmals auf den Monitor. ‚Warum verblasst die Sonne? Es ist erst 13 Uhr 50 und es ist Juni. Und warum zur Hölle wird der Himmel dunkler? Ein Fehler in der Außenübertragung? Wohl eher nicht.', Seine Gedanken drehen sich im Kreis.

Nach kurzer Überprüfung steht fest, die gesamte Anlage funktioniert fehlerfrei. Langsam wird die Sache unheimlich

Sgt Miller führt in dieser Zeit mehrere Telefongespräche. Immer wieder hört Jenkins das Wort Terrahertzfrequenzen. Bisher scheint nur klar zu sein, dass diese Strahlen die rote Mauer durchdringen können. ‚Ein Anfang‘, denkt Jenkins. ‚Ich bin 38 Jahre alt und nun so ein Vorfall‘

Jenkins fühlt sich erschöpft. Die Last auf seinen Schultern drückt in geradewegs zu Boden. In diesem Augenblick kommt eine Meldung rein. Die NASA hat alle Daten zur Steuerung des Versorgungsraumschiffes übertragen. Dabei erfährt Jenkins noch so nebenbei, dass ein Sealteam mit zur ISS fliegen wird. ‚Alles, was wir immer wieder theoretisch durchgespielt haben, trifft plötzlich zu‘ Jenkins denkt an seine Verantwortung. Alles lastet ab nun auf ihm allein.

Die ISS schwebt so, als wenn nichts geschehen wäre im Orbit. Maschmann bespricht zurzeit mit Captain Ruskow die prekäre Energielage der Station. „Wenn wir die Sektionen 7 und 9 abschalten sparen wir 21% Energie.“ Maschmann arbeitet weiterhin an seinem Terminal. „Die Sache hat einen Haken. Wir müssen in der jetzigen Situation die Station einsatzbereit halten. Das Omega-Protokoll schreibt das vor. Außerdem erwarten wir mit dem Versorgungsraumschiff vier weitere Besatzungsmitglieder." Ruskow schaut aus dem Bullauge. Mittlerweile ist die Mauer in einen violetten Farbton übergegangen. „Wieso erwarten wir vier neue Besatzungsmitglieder?" Hiro wartet vergeblich auf eine Antwort.

Auf Cape Canaveral herrscht hektisches Treiben. Das Orionraumschiff wird unter Hochdruck für den Flug zur ISS fertiggestellt. Mittlerweile ist auch Prof Highman auf dem Weg zum Startfeld. Er gehört jetzt mit zum Stab des Unternehmens. Außer den Seals und Nachschubgütern soll die Orion auch eine Sonde mit ins Orbit befördern. Diese soll dann die rote Mauer, so wird sie immer noch genannt, untersuchen. Diese Sonde war ursprünglich für eine Mission zur Untersuchung des Mars gedacht. Nun ist sie rasend schnell umprogrammiert worden. Aber im Prinzip ist das eine Improvisation.
Highman ist wieder mal halb in der Sonde verschwunden. „Dieses Umjustieren der einzelnen Messgeräte und Sensoren ist eine Qual.", murmelt er in Richtung des Assistenten. In diesem Augenblick trifft der erwartete Terahertzfrequenzsender ein. „Nun kommt der schwierige Teil." Highmans Assistent überlegt. Wird die Energie der Sonde für den Sender reichen? Theoretisch sollte es. Aber es ist fast am Limit mit der Energieversorgung. Ich hoffe, Highman weiß, was er da macht. Noch in seinen Gedanken vertieft bemerkt er eine Bewegung. Wie aus heiterem Himmel steht Gen Macdave

neben der Sonde. Begleitet von seinem halben Stab. Highman krabbelt aus der Sonde raus und begrüßt Macdave herzlich. „Mein lieber Highman. Wie läuft es?" Wie immer ist der General ein Mensch weniger Worte. Die Unterhaltung der beiden dauert nicht all zu lang. Nachdem Highman dem General den Umbau der Sonde erklärt hat, sprechen sie noch kurz über den straffen Zeitplan des Unternehmens. „Gen Macdave, ich kann ihnen nicht versprechen, dass die Sonde in dieser kurzen Zeit einsatzbereit sein wird." Das Gesicht von Highman hatte sich verdüstert. „Wir müssen noch eine Reihe von Testläufen durchführen. Und die dauern nun einmal solange wie sie dauern. Da kann man nichts beschleunigen." Macdave erklärt dem Prof aber, dass es ein Zeitfenster gibt und dieses muss unbedingt eingehalten werden. Highman weiß nichts vom Omega-Protokoll. Er wundert sich aber über den gewaltigen Zeitdruck. ‚Was ist los? Warum diese Eile? Damit könnte das Projekt ‚**AUFKLÄRUNG**' gefährdet werden. Projekt **AUFKLÄRUNG** ist der offizielle Name der Mission.'
Mit diesen Gedanken wendet sich der Prof wieder seiner Arbeit in der Sonde zu.

Major Jenkins schreitet schnell durch den Gang. Vor zehn Minuten wurde er in den Käfig befohlen. ‚Wer zum Teufel hat den Konferenzraum nur den Namen Käfig gegeben', Jenkins ist in Gedanken vertieft und bemerkt kaum die anderen Abteilungsleiter, die sich mittlerweile

zu ihm gesellt haben. Angekommen an der Schleuse
werden sie von den beiden Wachen aufgehalten. Jeder
muss vor Eintritt in den Käfig sein Handy abgeben. Auch
der Iris-Scan wird durchgeführt. Dieses gehört zum
Sicherheitsprotokoll. Der Käfig ist ein abgeschirmter
gesicherter Raum der höchsten Stufe.

Nachdem alle eingetreten sind und auf ihren Stühlen
Platz genommen haben, öffnet sich eine Seitentür. Kein
geringerer als Verteidigungsminister Evans tritt ein.
Schlagartig verstummt das Gemurmel im Raum und
alles springt auf. „Setzen, meine Damen und
Herren." Evans steht am Ende des großen Tisches und
überfliegt flugs die Anwesenden. Und schon fängt das
bekannte Fragespiel an. Schnell ist der Fokus des
Verteidigungsministers auf Jenkins gerichtet. Aber der
Major weiß nicht mehr, als wie vor Stunden. „Wir wissen
mit Sicherheit nur sehr wenig. Erstens wissen wir, dass
sich die Farbe der Mauer ändert. Sie ist vom Rot-Ton in
dunkle Violett-Töne gewechselt. Warum… wissen wir
nicht. Zweitens ist die Mauer wohl undurchdringlich.
Einzig wie es bisher scheint, kommen Wellen auf
Terahertzbasis durch. Aber auch diese Erkenntnisse sind
noch wage. Drittens scheint die Sonne an Strahlkraft zu
verlieren. Aber nur das sichtbare Licht.
Temperaturschwankungen scheint es nicht zu geben. Und
wir haben Informationen darüber, dass es massive
Störungen im GPS und im Mobilfunk gibt. Auch dieses

scheint mit dem Phänomen zusammen zu hängen".
Evans wendet sich an einen anderen Abteilungsleiter.
Hier geht es um Verteidigungsbereitschaft der
Streitkräfte und Einberufung von Reservisten.
Nachdem jeder Abteilungsleiter Bericht erstattet hat,
erscheint Gen Macdave auf einem Bildschirm. Jenkins
hatte sich schon über die Abwesenheit des Generals
gewundert. Und nun erfährt die gesamte Runde von
Orion und der Mission Aufklärung. Ausführlich berichtet
der Viersternegeneral von der Umrüstung der Marssonde.
Nach vielem technischen Input kommt dann noch so am
Rande der Einsatz von dem Sealteam auf der ISS zu
Wort. Als kurze Erklärung dazu, sagt Macdave nur zwei
Worte: „NATIONALE SICHERHEIT" Hiernach
verabschiedet sich Evans mit den Worten: „Ich werde
den Präsidenten über alles Bericht erstatten." Steht auf
und verlässt den Raum. Jenkins geht zurück Richtung
seiner Abteilung. ‚Ich fall gleich nur noch in meine
Koje' Er lässt diesen turbulenten Tag in seinen Gedanken
noch einmal Revue passieren während er langsam in den
Schlaf gleitet.

Hiro hat mehrere Messungen vorgenommen. Wie er
erschreckt festgestellt hat, ist die Intensität der Sonne
zurückgegangen. ‚SHIT. Da haben wir nun das nächste
Problem.' Hiro wendet sich mit diesen Gedanken an
Ruskow. „Capt... die Einstrahlung der Sonne nimmt ab.
Warum? Fragen sie mich nicht. Es könnte uns aber in

erhebliche Schwierigkeiten bringen. Durch die geringere
Sonneneinstrahlung erzeugen wir mit den restlichen
Sonnensegeln zu wenig Energie. Ich befürchte wir
müssen die Hauptsegel wieder ausfahren.
Oder wir kommen in lebensgefährliche
Schwierigkeiten." Maschmann war schon wieder an
seinem Terminal und rechnete alles durch. Mit
hochrotem Kopf wendete er sich zu Ruskow. „Meine
Berechnungen zufolge werden wir in spätestens zwei
Stunden in den Rotbereich kommen. Das System würde
dann selbstständig Abschaltungen durchführen um
Energie zu sparen. Uns bleibt nichts anderes übrig als die
Hauptsegel wieder auszufahren." Ruskow schaut auf die
violette Mauer. ‚Was passiert wenn wir das Hauptsegel
wieder ausfahren?' Er dachte an das rote Wabern und
dem damit zusammenhängenden Energieabfall. Aber
eine Entscheidung muss zeitnah her. Er stößt sich vom
Bullauge ab und schwebt zum Kontrollpult. „Hauptsegel
wird auf 3 wieder ausgefahren." Kurz überdenkt er seine
Entscheidung nochmal. Aber es gibt keine Option.
„Eins... Zwei... Drei." Er zögert eine Sekunde, dann legt
er den Hebel um. Die Anzeige signalisiert das Ausfahren
des Segels. Alle Anzeigen im grünen Bereich.
Es hat geklappt. Die Energieerzeugung liegt bei 89%.
‚Eine Sorge weniger' Ruskow schaut auf seine Crew. Die
große Verantwortung lastet auf seinen Schultern. So
langsam überkommt den Männern die Müdigkeit.

In ihren Kabinen fallen Hiro und Ruskow erschöpft in ihre Schlafsäcke.

Nur Maschmann muss allein Wache halten. Er kann seinen Blick nicht von der violetten Mauer nehmen. ‚Hoffentlich bleibt die Nacht ruhig.‘

Bisher sind alle Testläufe zur Zufriedenheit vom Team Highman gelaufen. Nur der Terrahertzfrequenzsender läuft bisher nur mit 79% Leistung. Ein langes Fluchen kommt aus der Sonde. Der Prof weiß nicht weiter: „Warum bekommen wir die Leistung nicht höher? Wo verdammt liegt der Fehler?“ In diesem Augenblick hört man von der anderen Seite der Sonde einen Freudenschrei. Hawkins steht mit einem Messgerät in der Hand und strahlt. Er hat den Fehler gefunden. Einen ganz simplen Fehler sogar. Ein verdammtes Kabel war locker. Nach kurzer Reparatur arbeitete auch der Sender mit voller Leistung. So weit so gut.

Nun sitzt das Team im Kontrollraum und lässt eine Testreihe durchlaufen als sich die Tür öffnet. Highman traut seinen Augen nicht. Das Transportteam ist da. Projekt Aufklärung beginnt in diesem Moment. Ohne Abschlusstest.

Das Transportfahrzeug übernimmt die Sonde nachdem das Team alle Testgeräte entfernt hat. Highman schaut dem Treiben mit Bauchschmerzen zu. ‚Hoffentlich geht das gut‘, sein Blick spricht Bände als er sich seinem Tee widmet. Er zündet sich seine Pfeife an. Das Rauchen beruhigt ihn ein wenig.

Das Telefon rappelt: „Highman hier… wie? Jetzt sofort? Aber die Sonde… mein Team bleibt also. Ja ich mach mich fertig." Gen Macdave war am Apparat. Highman wird ihm ins Kontrollzentrum von NORAD begleiten müssen. Widerwillig verlässt Highman sein Team nach kurzem Abschied.

Zur selben Zeit ist die Sonde an der Orion eingetroffen. Assistent Hawkins hat nun die Verantwortung. In dieser Rolle fühlt er sich so gar nicht wohl.

Die Techniker heben die Sonde in den Frachtraum der Orion. Zeitgleich werden auch Versorgungsgüter verladen. Die Orion ist das zurzeit modernste Raumschiff der USA. Eine Weiterentwicklung des Spaceshuttles. Der Start ist für den Morgen 12 Uhr angesetzt.

Der Countdown läuft unaufhaltsam.

Hawkins starrt das Raumschiff an. ‚Lieber Gott lass alles gutgehen.' Er zündet sich eine Zigarette an als die dunkle Sonne am Horizont im Meer versinkt.

Unterdessen dröhnt eine Militärmaschine Richtung Nordosten. Gen Macdave und Prof Highman nutzen den Flug zum Schlafen. Was bringt der neue Tag?

Jenkins wird unsanft aus dem traumlosen Schlaf gerissen. Sekundenlang ist er verwirrt. Dann ist es klar. Nicht sein Zuhause. Er liegt in seiner Koje in NORAD. Und es ist Alarm… ALARM! Der Major springt auf...

Katzenwäsche und in die Uniform. Da schrillt auch
schon das Telefon. Miller ist am Apparat. „Major!
Kommen sie sofort in die Zentrale… SOFORT!". Noch
bevor die Abteilungstür erreicht ist, kommt ihm Emma
entgegen. „Guten Morgen, Sir.", sagt sie kurz und sitzt
schon im Vorraum an ihrem Schreibtisch. Jenkins stürmt
ihr zunickend geradewegs in die Zentrale. Dabei sieht er
wie alle Anwesenden auf den Hauptschirm starren. Sein
Blick wandert auch zum Schirm. Wie vor eine
unsichtbare Mauer geprallt, stoppt der Major.
‚Unmöglich… das gibt es nicht. Das kann nicht sein'. Der
Schirm zeigt, was an der violetten Mauer passiert. Alle
sehen es. Durch die Mauer schiebt sich ein riesiges
Dreieck.

Das Kreischen der Alarmsirenen durchdringt die ISS.
Maschmann blickt fassungslos auf den Monitor. Ein
schwarzes Dreieck durchdringt die rote Mauer. In diesem
Moment schweben auch Ruskow und Hiro in den
Kontrollraum. Ungläubig schauen sie sich an. Da meldet
Maschmann den nächsten Schock: „Visuelle
Beobachtung möglich… auf dem Radar ist nichts." Hiro
prüft sofort weitere Sensoren. Alle zeigen nichts an. Alle
bis auf die Infrarotsensoren. „Eindeutig thermische
Aktivitäten." Ruskow sitzt bewegungslos in seinem Sessel
und schaut zu Hiro. Ruckartig stößt er sich plötzlich aus
seinem Sessel und schwebt in seine Kabine. " Ich muss
das sofort melden." Das hörten die Beiden noch als er

verschwand. Zur gleichen Zeit kommen immer mehr Daten rein. Das dreieckige Objekt scheint nicht übermäßig groß zu sein. Nach vorläufigen Messungen eine Kantenlänge von 113 Meter seitlich und 65 Meter hinten. Außerdem eine starke Wärmesignatur am hinteren Ende. „ Das könnte der Antrieb sein." Maschmann schaut fasziniert auf die Daten. Immer mehr kommt bei ihm wieder der Wissenschaftler durch. ‚Da kommt eine Menge Arbeit auf uns zu.‘ Mit diesem Gedanken wendet er sich zu seinem Crewkameraden. „Dann lasst uns mal schauen, was da auf uns zukommt." Der Physiker ist schon wieder an seinem Terminal. Sein japanischer Kollege prüft nach, ob Kommunikationsformen empfangen werden. Aber das Ergebnis ist negativ. Absolut nichts kommt auf den bekannten Frequenzen. Zur gleichen Zeit staunt Maschmann ‚Was ist das für ein Triebwerk? Die Energiesignaturen gehen durch die Decke. Faszinierend.‘ Daten die bis gerade als unmöglich erscheinen prasseln herein. Derweil ist Ruskow ganz still geworden. Er schaut auf die violette Mauer und seine Sorgen steigern sich sekündlich. Als Militär sieht er eine riesige Bedrohung auf die Erde zukommen.

NORAD hat sich in einen Ameisenhaufen verwandelt. Mittlerweile wurde DEFCON 2 ausgerufen. Auch Highman und Macdave sind mittlerweile in NORAD eingetroffen. Fast zeitgleich ist auch der Präsident, samt

seiner Regierung, in ihrem Krisenzentrum eingezogen.
Die Höhle in den Cheyenne Mountain ist nun der Nabel
der Welt.

In zwanzig Minuten ist die nächste Krisenbesprechung
im Käfig befohlen worden. Major Jenkins überprüft
noch einmal die hereinflutenden Daten. Noch werden
weder er noch sein Team schlau daraus. Und das macht
ihm Angst. Diese anstehende Runde wird vom
Präsidenten geleitet. ‚Newmann… gerade der… hat
schon zwei Abrüstungsverträge mit Russland
abgeschlossen. Und nun das. Der absolute GAU für
ihn.‘ Mit diesen Gedanken geht der Major grüßend an
Emma vorbei und marschiert den Gang Richtung Käfig.
Unter seinem Arm ist ein dicker Ordner voller Daten die
wenig aussagen. Wie immer ist die Sicherheitsprozedur
an der Schleuse peinlich genau. Der Major schaut sich
um. Da erblickt er den Viersternegeneral. Nur… wer ist
in seiner Begleitung? Eine seltsame Uniform. Da trifft es
Jenkins wie der Schlag. Es ist der russische
Verteidigungsminister Minski. ‚Das kann ja gleich lustig
werden‘ denkt der Major, als er zu seinem Platz geht.
Wie immer ist der Käfig erfüllt mit einem Gemurmel.
Schlagartig öffnet sich die kleine Nebentür. Der Präsident
in Begleitung von Macdave und Minski treten ein.
Verteidigungsminister Evans folgt der Gruppe nur
Sekunden später. Sofort ist es ruhig. Alle Augen sind auf
Newman gerichtet. Mit blassen Gesicht steht er am Pult.
Er ringt mit der Fassung als er anfängt zu sprechen

„Meine Damen und Herren. Es ist ein Ereignis
eingetroffen mit dem wir nicht im Entferntesten
gerechnet haben. Bis heute dachte die Menschheit wir
wären allein im Universum. Nun wird uns auf
dramatische Weise das Gegenteil bewiesen. Ich stehe hier
in den heiligen Räumen des US Militärs. Und neben mir
sehen sie den russischen Verteidigungsminister Minski.
Allein daran werden sie hier in diesem Raum den Ernst
der Lage erkennen. Der russische Präsident und meine
Wenigkeit haben sich ausgetauscht und sind einer
Meinung. Wir haben eine globale Bedrohung. Deshalb
ist auch Verteidigungsminister Minski auf meine
Einladung hier anwesend. Ab sofort werden beide
Staaten ihre Ressourcen bündeln. Wir sind
übereingekommen, dass wir nur gemeinsam dieses
Problem angehen und auch lösen können. Mister Miski...
bitte.“ Mit diesen Worten tritt der Präsident einen
Schritt zurück und gibt das Pult für den russischen
Verteidigungsminister frei. „Meine Damen und Herren.
Als Allererstes bittet mich mein Präsident sie alle zu
Grüßen. Und ich kann mich nur allen Worten von
Präsident Newman anschließen. Die russische Regierung
sieht die Lage genauso. Wie ich erfahren habe, ist ihre
geplante Marsmission schnellstens in eine Mission zur
roten Mauer umgeplant worden. Daraufhin habe ich
mitzuteilen, dass die von uns geplante Mission Saljut,
also unsere erste bemannte Mondumkreisung, nun das
schwarze Dreieck zum Ziel hat. Unser Raumschiff

Federazija wird unter Leitung der Kosmonautin Anna Winkerow mit vier Kosmonauten in kurzer Zeit starten. Unser Ziel ist es, eine Kommunikation mit dem Dreieck aufzunehmen. Natürlich werden wir auch andere Untersuchungen ausführen. Dieses wird zeitgleich mit ihrer Mission **AUFKLÄRUNG** ablaufen." Während Minski alle weiteren Schritte der russischen Mission bekannt gibt, stößt auch Prof Highman hinzu. Leise tuschelt er mit Evans. Dieser wendet sich aufgeregt zu Präsident Newman. Dieser unterbricht die Ausführungen von Minski sofort. „Wie mir Prof Highman gerade mitgeteilt hat, ist eine starke Veränderung der Sonne zu beobachten. Scheinbar scheint sie sich immer weiter abzudunkeln. Alles Weitere ist noch rätselhaft. Wir müssen davon ausgehen das dieses Phänomen mit der roten Mauer und dem schwarzen Dreieck in Verbindung steht. Momentan ist aber wohl noch kein Temperaturabstieg zu verzeichnen." Alles starrt den Präsidenten an. Dabei ist es absolut still im Käfig. Und dann setzt schlagartig ein Gemurmel und Getuschel ein.

Auch auf der ISS beobachtet man aufgeregt die immer weiter fortschreitende Verdunklung der Sonne. Capt Ruskow schaut auf die Uhr… es ist 11 Uhr 30 Ostküstenzeit. „In einer halben Stunde startet die Mission **AUFKLÄRUNG**", murmelt er vor sich hin. Mittlerweile wurde auch die Besatzung der ISS über die russischen Mission ausführlich informiert. Zeitgleich mit

diesen Informationen kam auch der Befehl diese Mission
zu beobachten. Hiro ist nun in seinem Element. Bei ihm
laufen die Kommunikationskanäle beider Missionen
zusammen. Somit spielt die ISS eine herausragende Rolle
in der Leitung beider Unternehmen. Zwölf Uhr. Es ist
soweit. Ein neues Kapitel in der bemannten Raumfahrt
wird aufgeschlagen.

Auf Cape Canaveral läuft der Countdown. DREI...
ZWEI...EINS. Auf einem Feuerschwall hebt die Orion
majestätisch ab. So langsam lässt auch das Dröhnen nach.
Das Team von Highman sitzt schon im Flugzeug auf den
Weg nach NORAD. Hawkins Gedanken überschlagen
sich. ‚Was wird uns, die Menschheit, erwarten?‘ Er
schaut aus dem Fenster. Draußen sieht es aus wie in der
Dämmerung. Dabei ist es erst mal 13 Uhr 20. So langsam
fallen ihm die Augen zu. Der Stress und der Schlafmangel
der letzten Tage fordern ihren Tribut. Auch der Rest des
Teams ist im Schlaf versunken.

Das russische Raumschiff ist zeitgleich mit der Orion von
Baikonur gestartet. Für Anna Winkerow ist es der vierte
Flug. Die Federazija gleitet in eine stabile Umlaufbahn.
Die Besatzung prüft noch alle Geräte. In 22 Minuten
starten sie das unglaublichste Unternehmen in der
Geschichte der Menschheit. Versuchte Kontaktaufnahme
mit Außerirdischen. Genossin Winkerow ist angespannt,
die dunkle Sonne macht ihr Angst. Sie denkt an das

enorme Risiko. Wird die Besatzung wieder zur Erde zurückkehren? Dabei bewundert sie die violette Mauer. Ihre Gedanken drehen sich um die amerikanische Mission. ‚Was wird die amerikanische Sonde herausfinden?‘ In diesem Augenblick hört sie die Stimme von Hiro im Kopfhörer. „Federazija, ich begrüße sie. Hier spricht die ISS. Ab jetzt werden sie von uns visuell und kommunikativ begleitet und gesteuert. Wir wünschen euch viel Glück bei eurer Mission.“ In diesem Augenblick dröhnen die Triebwerke. Das Raumschiff tritt aus dem Orbit und nimmt Kurs auf das schwarze Dreieck. Ein Flug ins Ungewisse.

Zeitgleich nähert sich die Orion der ISS. Die Sonde Aufklärung verlässt ganz langsam die Orion. Maschmann hat die Steuerung übernommen. Noch drei Minuten und die Triebwerke zünden. Der Physiker geht noch einmal alles durch. Kein Fehler ist ersichtlich. Plötzlich ein Blitz. Die Sonde hat gezündet und ist auf dem Weg. Auch Capt Ruskow ist voll konzentriert. Er führt gerade das Kopplungsmanöver durch. Noch ein Meter. Dann ein kleiner Ruck. Ein dumpfes Geräusch. Orion ist fest mit der ISS verankert. Das Zischen des Druckausgleiches begleitet das Öffnen der Schleuse. Ein wenig angespannt erwartet der Captain die vier Seals. ‚Aktive Soldaten im Weltall. Damit hätte nie jemand gerechnet.‘ Und schon schwebt der Erste auf ihn zu. Die Hand geht zum Gruß an die Schläfe.

„Sergeant Major Laura Danosta meldet sich auf der
ISS" Ruskow grüßt zurück: „Willkommen… aber zu
aller erst: Wir sind ein Team.
Also lassen wir hier oben das Gedöns mit dem Grüßen.",
sagt Ruskow und schüttelt jedem nacheinander die Hand.
„Folgen sie mir bitte. Ich zeige ihnen ihre Kabinen." Mit
dem letzten Wort gleitet der Captain auch schon
Richtung der Kabinen.

Jenkins und Highman diskutieren über die dunkle Sonne,
als die Tür zur Zentrale aufgeht. Gen Macdave tritt ein
und nickt beiden zu. Und sogleich fragt er nach den
neusten Meldungen. Jenkins berichtet „ Sir… die
Federazija ist auf Kurs Richtung schwarzes Dreieck. Wie
sie auf dem Schirm sehen können, läuft bisher alles
normal. Zugleich versuchen wir mit allen zur Verfügung
stehenden Mitteln eine Kontaktaufnahme... bisher
negativ. Unsere Sonde **AUFKLÄRUNG** fliegt im direkten
Kurs Richtung violette Mauer. Bisher konnten wir
feststellen, dass jegliche Art von Strahlung abprallt. Nur
mit Terahertzfrequenzen dringen wir durch. Leider
bringt uns das im Moment auch nicht viel weiter. Die
dritte Sache, die dunkle Sonne, liegt nach unserer
Einschätzung im direkten Zusammenhang mit der
violetten Mauer. Einfach gesagt… je dunkler die Mauer
desto weniger Strahlung der Sonne. Das trifft zurzeit
aber nur auf das Licht zu. Wärmestrahlung der Sonne
kommt weiterhin ungehindert an. Wir versuchen immer

noch dieses Problem ansatzweise zu verstehen." Macdave
hört aufmerksam zu. Die sich entwickelnde Diskussion
erstreckt sich über eine Stunde. Als Fazit kommt heraus,
dass nun alle Hoffnungen auf den beiden Missionen
liegen.

Zeitgleich ist auch das restliche Team von Highman
eingetroffen. Hawkins macht sich mit den anderen in der
Zentrale bekannt. Und nimmt sofort seine Arbeit auf. Als
Astronom wertet er zunächst die Daten zur Sonne aus.
Auch das restliche Team ist beschäftigt. So beginnen
langsam die wissenschaftlichen Bearbeitungen der
Phänomene. Die ersten kleinen Schritte auf einem langen
Weg. Ein Teil des Teams beschäftigt sich mit der violetten
Mauer. Nach Auffassung der Mitglieder besteht die
Mauer aus Energie. Bessere Daten erhoffen sie sich aber
von der Sonde. Alles wartet gespannt auf deren Daten.
Erste Messergebnisse aus dem russischen Raumschiff
ergeben nichts. Immer noch ist auf dem Radar…
NICHTS. Die visuelle Beobachtung zeigt bisher eine
tiefschwarze glatte Oberfläche. Die Triebwerke können
durch die Infrarotsensoren beobachtet werden. Im
Prinzip also nicht mehr, als wie man schon von der ISS
weiß.

Alle Versuche der Sonde Aufklärung sind bisher
gescheitert. Die Mauer gibt keine bekannte Strahlung ab.
Sie hat genau die Temperatur des Weltalls. Nur eine neue

Erkenntnis brachte die Sonde bisher. Die Mauer flimmert. Und dieses Flimmern ist immer gleich. Der Wechsel läuft immer in drei Sekunden ab. Und mit jedem Zyklus wird der Violett-Ton leicht dunkler. Noch weiß keiner was es damit auf sich hat.

Mittlerweile haben sich die Seals eingerichtet. Alle vier sind auch Wissenschaftler. Sie unterstützen nun die Altcrew in vielen Belangen.
Hiro ist jederzeit mit der Federazija verbunden. Alle Meldungen laufen über ihn. Gerade gibt die Kosmonautin neue Daten durch. Scheinbar beschleunigt das schwarze Dreieck. Aber es gibt keine höheren Wärmeemissionen. Der Kurs wird von einem der Neuankömmlinge berechnet. Es führt aller Wahrscheinlichkeit in eine Erdumlaufbahn.
Diese neue Erkenntnis elektrisiert alle. Sgt Maj Danosta tuschelt mit Ruskow. Die Unterhaltung wird immer angeregter. Maschmann schaut interessiert zu den beiden, Aber er versteht kein Wort. Kopfschüttelnd wendet er sich wieder seinem Terminal zu. Neue Daten von der Sonde treffen ein. Maschmann reißt die Augen auf. Der Computer berechnet noch, aber er sieht schon, dass es eigentlich unmöglich ist, was da vor sich geht. Und noch was ist alarmierend. Nach kurzer Beratung mit dem Capt wendet sich dieser an die Besatzung:
„Unseren neusten Berechnungen ist das schwarze Dreieck auf Kurs zur Erde. Bei Beibehaltung des jetzigen

Kurses wird es in 21 Stunden die Erdumlaufbahn
erreichen. Ab sofort besteht für die ISS höchste
Alarmstufe." Es ist totenstill in der Zentrale. Sekunden
später verwandelt sie sich in ein Tollhaus. Hiro ist in
einem Gespräch mit der Federazija. Er bespricht mit
Winkerow die neusten Erkenntnisse. Der Capt hat mit
Danosta die Zentrale verlassen. Wortlos schweben sie zur
Kabine des Captains. Über das gesicherte Funksystem
wollen sie beide dem Generalstab Bericht erstatten.

Die neuen Daten zum schwarzen Dreieck sind auch in
NORAD erkannt worden. Es werden hitzig Strategien
diskutiert. Erstmals in der Geschichte ist der russische
Generalstab zugeschaltet. Nach einiger Zeit übernimmt
Gen Macdave das Wort: „Meine Damen und Herren.
Durch die neuen Ereignisse sehen sich unsere beiden
Nationen zum Handeln gezwungen. Die
Verteidigungsminister beider Staaten haben daher die
Anweisung gegeben die Atomstreitkräfte in erhöhte
Alarmbereitschaft zu bringen. Es ist eine reine
Vorsichtsmaßnahme. Aber unsere Nationen wollen auf
alle Eventualitäten vorbereitet sein. Danke." Nun
beginnen die Mühlen der Militärs zu arbeiten. In
NORAD sieht man viele nachdenkliche Gesichter. Wo
wird das nur Enden?

Die Kosmonautin Winkerow beobachtet schon längere
Zeit das schwarze Dreieck. Die Beschleunigung des

Objektes macht ihr Sorgen. Berechnungen haben ergeben, dass es bei weiterer Beschleunigung kein Rendezvous möglich sein wird. Kurz gesagt... das Dreieck wird zu schnell. Offensichtlich wird die Mission scheitern. Bisher konnte auch nichts Neues über das Objekt in Erfahrung gebracht werden. Was wissen wir bisher? Kantenlänge 113 Meter seitlich und 65 Meter hinten. Vorn Spitz zulaufend. Außenhülle aus unbekanntem, tiefschwarzem und absolut glattem Material. Triebwerk hinten, mit starker Wärmesignatur. Reagiert auf keinerlei Art von Kommunikationsversuche. Sehr große Beschleunigung. Das ist schon Alles. Die Kosmonautin ist verzweifelt. Mittlerweile hat das Dreieck eine Geschwindigkeit von 33.000km/h erreicht. Unmöglich für die Federazija es je zu erreichen. Dieses alles meldet die Russin an Hiro. Das Dreieck fliegt mittlerweile mit 40.000km/h. Hiro hat in der Zeit alles an das Kontrollzentrum gemeldet. Kurz darauf erhält er eine Anweisung für das russische Schiff. Sofort gibt er es weiter. ISS an Federazija: „Laut Befehl sollen sie ihren Kurs fortsetzen. Umkreisen sie den Mond, treffen alle Vorkehrungen zu einer sicheren Rückkehr zur Erde. Außerdem beobachten sie die ganze Zeit die Sonne. Jede Veränderung ist sofort zu melden. Danke und Ende." Winkerow schaute enttäuscht auf die dunkelviolette Mauer ‚Nicht mehr lange und es ist eine blaue Mauer.' Die Besatzung der Federazija berechnet

den neuen Kurs. Von der Sonne gibt es eigentlich nur
eine neue Meldung. Sie wird kontinuierlich dunkler.

Die Mission **AUFKLÄRUNG** läuft reibungslos.
Maschmann bekommt am laufenden Band Daten rein.
Mittlerweile ist klar, dass die Mauer eine Energiewand ist.
Der dreisekündliche Wechselzyklus weist auf ein
künstliches Kraftfeld hin. Der Physiker denkt an die
enorme Technik. Nicht ansatzweise könnte es die
Menschheit bewerkstelligen. ‚Warum sperrt das
Kraftfeld alles außer Terahertzstrahlung? Vielleicht
gelingt es uns da einen Ansatz zu finden.‘ Maschmann
wird aus seinen Gedanken geholt. Einer der Seals steht
neben ihm. „Sir... noch 15 Minuten dann kommt die
Sonde an den äußeren Strahlungsbereich der
Mauer.“ Der Deutsche schaut auf seinen Monitor. Diesen
Strahlungsbereich hatte die Mission Aufklärung erst
kurz vorher angemessen. Ganz überraschend ist die
Maschmanncrew darauf gestoßen: Ein energetisch
geladener Bereich vor der Mauer. Langsam kommt
Spannung auf.
Der Afroamerikaner neben ihm schaut gebannt auf den
Monitor. Noch kommt eine Flut von Daten ohne Störung
rein. Was passiert wenn die Sonde in den sogenannten
Strahlungsbereich eintritt. Die Spannung wächst. In
diesem Moment gesellt sich auch Ruskow zu den beiden.
Konzentriert beobachten alle drei den Monitor. Und da
ist der Augenblick der Wahrheit. Aufklärung

überschreitet die imaginäre Grenze zum äußeren Strahlungsbereich. Leichte Störungen auf dem Monitor. Aber die Sonde fliegt unbeirrt ihre Bahn. „Noch 18 Minuten bis zur Mauer." Der Seal wirkt nervös. Der Datenfluss beinhaltet immer mehr Störungen. Da kommt ein Alarmzeichen der Sonde. Die Außentemperatur erhöht sich. Noch drei Minuten bis zum Erreichen der Mauer.

Das schwarze Dreieck nähert sich immer mehr der Erde. Durch den wolkenlosen Himmel ist das Objekt auf den Schirmen der Zentrale zu sehen. Jenkins sitzt fasziniert vor dem Terminal. Der Dämmerzustand stört die Beobachtung nicht im Geringsten. Mit unheimlichen Werten bremst das Dreieck ab. ‚Was müssen dort für Triebwerke arbeiten' Während dieser Gedanken summt das Telefon. Prof Highman ist am anderen Ende. Es geht um die Störungen während der Mission Aufklärung. „Mein lieber Jenkins, nach meinen Berechnungen liegen die Störungen an den zyklischen Veränderungen in der Mauer. Da es aller Wahrscheinlichkeit künstlich, und, was noch wichtiger ist, immer mit der gleichen Intensität und gleichen zeitlichen Abstand abstrahlt, müssten wir diese neutralisieren können. Mein Team arbeitet schon dran." Jenkins bedankt sich für diese Infos und schaut wieder auf seinen Monitor. Das mysteriöse Dreieck hat gestoppt. Und immer noch nicht wird der leiseste Piep empfangen. Warum hat es gestoppt? Er setzt sich mit der

ISS in Verbindung. Sofort hört er die Stimme von Hiro: „ISS hört" Sogleich gibt er Anweisungen an die Raumstation. „Das Dreieck hat gestoppt. Bei der kommenden Annäherung der Station an das Objekt sammeln sie so viele Daten wie möglich. Versuchen sie Funkkontakt herzustellen. Alle Frequenzen sind hiermit freigegeben. Egal was… wir möchten Daten haben. Ende." Jenkins begibt sich ins Vorzimmer zu Emma. Schon von weitem riecht er den Kaffee. ‚Was würde ich nur ohne Kaffee machen.' Mit der Tasse in der Hand nähert er sich wieder seinem Terminal.

Die Federazija hat den Umlauf um den Mond begonnen. Die Rückseite ist total dunkel. Nur die Mauer ist zu sehen. An den Geräten machen sich Störungen bemerkbar. Das russische Raumschiff ist in die äußere Strahlungsregion eingedrungen. Aber nur kurzzeitig. Schadlos tritt das Schiff aus den Mondschatten und nimmt Kurs Erde. Die Besatzung schaut aus den Fenstern. Die Erde. Eine blaue Kugel im Weltall, die Heimat bedeutet. Derweil scheint die Sonne immer mehr zu verblassen. Das Ziel Erde vor Augen gibt der Besatzung Zeit für eine Schlafperiode.

Sgt Maj Danosta schaut auf die Erde hinab. Die Station tritt in den Terminator ein. Die dunkle Sonne erscheint langsam. Und Sie sieht ganz deutlich das schwarze Dreieck. Bedrohlich hängt es über der Erdkugel. Bedrohlich und tiefschwarz. Langsam nähert sich die

Station dem fremden Objekt. Die Umlaufbahn wird sie bis auf 63Kilometern an das Objekt heranbringen. Im Weltall ein Nichts. Visuell gut sichtbar erscheint auf dem Radar nichts. ‚Eine fantastische Stealthtechnologie', geht es Laura durch den Kopf. Sie hört hinter sich Geräusche. Maschmann und Ruskow schweben mit zwei von Lauras Team auf die Brücke der ISS. Es ist eine angespannte Stimmung an Bord. Wie reagiert das Dreieck auf so eine Annäherung? Allen wird bewusst, dass eine gefährliche Situation auf dies Station zukommen könnte. Der Capt nimmt das Mikrofon „Hier spricht der Captain. Alle Besatzungsmitglieder ziehen augenblicklich Raumanzüge an. Wir nähern uns dem schwarzen Dreieck. Da niemand weiß, welche Reaktion von diesem Ding kommt, versuchen wir uns im Vorfeld maximal zu schützen. Momentan wird die Orion überprüft und für einen Not-Start bereit gemacht. Bei eventuellen Angriffstätigkeiten des fremden Objektes räumen wir sofort die Station. Evakuierungspunkt ist die Schleusenkammer. Ende." Alles auf der Brücke starrt ihn an. Nur Maschann klebt an seinen Geräten und murmelt leise vor sich hin. Jegliche Sensoren zeigen das gleiche Bild. Die tiefschwarze Hülle will ihre Geheimnisse nicht preisgeben. Dafür ist die visuelle Beobachtung sehr gut. Eine absolut glatte Oberfläche. Die Wärmesignaturen sind fast auf null abgesunken. Die Maße des fremden Schiffes bestätigen sich. Kantenlänge 113 Meter seitlich und 65 Meter mal 65 Meter hinten. Nach vorn läuft es

absolut spitz zu. Der Physiker wundert sich über die
Maße. ‚Als wenn es so gewollt wäre. Aber niemals haben
die Fremden, wenn Fremde überhaupt an Bord sein
sollten, metrische Maßeinheiten. Und immer noch nicht
die kleinste Information über das Material. Alle Sensoren
scheinen hier nutzlos zu sein.‘ Auch Hiro empfängt nichts
aus dem Objekt. Alle bekannten Frequenzen sind ruhig.
Nichts… nani mo… nai.

Die Entfernung zwischen den Fremden und der ISS
verringert sich stetig. Bisher wurde nicht die kleinste
Reaktion beobachtet. So schwebt die ISS weiter in ihrer
Umlaufbahn, passiert das Dreieck unangefochten und
der Abstand vergrößert sich wieder. Die automatischen
Kameras waren ununterbrochen im Einsatz. Diese Foto-
Flut wird sofort an NORAD gesendet. Glasklare
Aufnahmen. Alle sind begeistert. Aber die Auswertung
der Fotos ist enttäuschend. Man sieht nur tiefschwarz.
Nichts, was auf eine Luke hindeutet. Nichts, was an
Fenster erinnert. Und auch nirgends die Spur von
Zeichen. Einzig ein bedrohliches tiefschwarz. Nun liegt
die Hoffnung auf den Spezialisten in NORAD.
Maschmann hat auch von der Sonde neuste Daten
vorliegen. Ungläubig sitzt er da. Sie wurde urplötzlich
bis zum Stillstand abgebremst und schwebt nun 113
Meter vor der Mauer. Und die Sensoren erfassen so gut
wie nichts. Eine Strahlung wird registriert. Die Kameras
filmen das Wabern der Mauer. Unmerklich scheint sich
die Temperatur um die Sonde zu erhöhen. Aber da hört

es auch schon fast auf. Des Weiteren ist nichts hinter der Mauer zu erfassen. Alles wird zurückgeworfen. Nur Terahertz-Strahlung scheint die Mauer zu durchdringen. Das ganze Triebwerkssteuerungssystem ist ausgefallen. Mission Aufklärung ist bewegungslos gefangen. Die Mission kann als gescheitert betrachtet werden.
Ein Angehöriger des Sealteams wird immer nervöser. Was er auf seinem Monitor erblickt bereitet ihm immer mehr Unbehagen. Die Energieerzeugung der Station ist gefallen. Durch die Verdunklung der Sonne erzeugen die Sonnensegel nur noch 61%. Tendenz fallend. Sogleich macht er Ruskow darauf aufmerksam. Dieser lässt sofort einen Testlauf der Anlage anlaufen. Ergebnis: Abfallende Energie in allen Sektionen. Er weiß, dass bei einem Energielevel von 50% die Station evakuiert werden muss „Hier spricht der Captain. Der durch die sich verdunkelnde Sonne rapide sinkende Energielevel wird uns in kurzer Zeit zur Evakuierung zwingen. Um solange wie möglich die Station einsatzbereit zu halten, schalten wir alle nicht unbedingt lebenswichtigen Sektionen ab. Somit können wir den Energieverbrauch senken. Das wäre alles. Danke." Hiro hatte in dieser Zeit eine Meldung an NORAD abgeben. Auch da sinkt langsam der Energielevel. Diese Störungen sind weltweit zu beobachten.

Prof Highman ist zurzeit ein gefragter Mann. Seit kurzer Zeit steht sein Telefon nicht mehr still. Jede Anfrage richtet sich um ein Thema. Die schlagartig eingesetzten Energieschwankungen und Abfälle. Es ist ihm unerklärlich. Kraftwerke arbeiten auf Volllast und trotzdem erzeugen sie nur noch wenig Energie. Selbst NORAD mit seiner autarken Erzeugung ist praktisch nicht mehr zu 100% einsatzbereit. Techniker arbeiten auf Hochtouren um das Problem zu lösen. Auch das Team des Profs ist an dem Problem dran. Bisher aber ohne Ergebnis. Die Anlage tief im Berg arbeitet einwandfrei. Aber der Energieausstoß liegt nur zwischen 35% und 72%. Unerklärlich. Überall auf der Erde sieht es so aus. Zeitgleich mit den Energieproblemen hat die Mauer einen blauen Farbton angenommen. Die Sonne erscheint wie eine graue Scheibe am Himmel. Assistent Hawkins beobachtet die graue Scheibe. Die Intensität der Lichteinstrahlung hat sich mittlerweile um die Hälfte reduziert. So langsam entwickelt sich das alles zu einem gewaltigen Problem.

Der Kurs der Federazija ändert sich unmerklich. Anna Winkerow sitzt in ihrem Kommandosessel und steuert das Schiff manuell. Diverse Energieausfälle beunruhigen sie. Auch scheint der Funkverkehr zwischen dem Schiff und der ISS beeinträchtigt. Störungen wie vor 40 Jahren. Merklich wird das Schiff immer langsamer. Als ob eine Kraft es versucht zurück zu zerren. Anna weiß, dass sie die Triebwerke nur einmal für sechs Sekunden einsetzen kann. Alles Weitere an Treibstoff wird für den Schwenk in den Orbit und die anschließende Wiedereintrittsphase gebraucht. Verstört schaut Anna auf die graue Scheibe. Ein kalter Schauer läuft ihr über den Rücken. Innerlich bekommt sie langsam Angst. Die Sensoren erfassen schlagartig einen Energiestoß an der Mauer. Gleichzeitig ein kurzer blauer Strahl Richtung Erde. Von der Position der Sonde Aufklärung registrierte die Besatzung eine Explosion. Die Mission **AUFKLÄRUNG** hat aufgehört zu existieren. Alles deutet auf einen Totalausfall hin.

In der ISS herrscht Aufregung. Soeben gab es in der Mauer einen starken Energiestoß dem ein blauer Strahl mit großer Helligkeit folgte. Und dann sehen alle an Bord was da passiert ist. Aus dem schwarzen Dreieck ist ein blaues Dreieck geworden. Und dieses blau wabert wie eine Aura um das Dreieck. Zum gleichen Zeitpunkt des Ereignisses sinkt die Energie der Station schlagartig auf unter 10%. Damit fallen die Lebenserhaltungssysteme aus. Ruskow gibt Evakuierungsalarm. Der Sirenenton erfüllt die Station. Alle Besatzungsmitglieder schließen ihre Raumanzüge. Physiker Maschmann stellt sein Terminal auf Automatikbetrieb. So ist gewährleistet, dass die Daten so lange wie eben möglich automatisch zur Erde durchgeleitet werden. Die Verbindung mit der Sonde ist abgebrochen. Maschmann schreibt in Gedanken die Mission als gescheitert ab. Während sich die Besatzung zur Orion begibt schalten Ruskow und Hiro die letzten Terminals auf Autobetrieb. Die

Funkanlage stellt nun alles von dem russischen Schiff automatisch nach NORAD und zur Orion durch. Als Letztes drückt Ruskow einen roten Knopf. Ab jetzt läuft die ISS auf Notbetrieb. Auch Hiro hat die Orion schon erreicht. Der Capt schließt als Letzter die Schleuse. SgtMaj Donasto hat schon die Startsequenz der Orion eingeleitet. Auch dieses Schiff hat kaum noch Energie. Sie zählt runter: DREI… ZWEI… EINS…
Die Orion löst sich von der ISS. Dann zünden die Triebwerke. Die Orion ist auf dem Weg zur Erde.

Sirenen heulen überall. Evakuierungsalarm. Überall hört man laute Befehle und Geschrei. Soldaten rennen durcheinander.
NORAD hat mit einem Mal massiven Energieabfall. Überall im Berg ist nur die rote Notbeleuchtung in Betrieb. Soldaten sieht man an jeder der Schleusen. Im Notbetrieb wird versucht diese zu öffnen. Andere Truppen versuchen Personal aus den stehengebliebenen Fahrstühlen zu retten. Das totale Chaos.
Major Jenkins sitzt noch in seiner Abteilung. ‚Wie gut, dass wir noch ein Festnetz haben. Noch funktioniert es.‘ Er koordiniert weiterhin so gut wie möglich seine Aufgaben. Vor wenigen Minuten wurde auch die Schleuse zu seiner Abteilung geöffnet. Die Soldaten mussten hier schon manuell mit großen Kurbeln die Tore öffnen. Ein Kraftakt.

Hawkins sitzt bei ihm. „Wir konnten noch einen energiereichen Impuls empfangen. Dieser traf das Dreieck. Und dieses wurde blau. Danach hatten wir Totalausfall. Wir wissen nicht was sonst auf der Erde passiert ist. Jegliche drahtlose Kommunikation ist zusammengebrochen. Wir befürchten viele Opfer… weltweit. Wir wissen nichts von der Außenwelt. „Was ist mit der ISS?" Jenkins nahm einen Schluck kalten Kaffee. „Und was ist mit der Federazija?" Hawkins schüttelt resigniert den Kopf. „Jegliche Verbindung abgebrochen. Wir befürchten das Schlimmste." Der Major starrt auf den toten Monitor. ‚Was überrollt uns da? Wie konnte es so schnell so schlimm werden? Was passiert da draußen?' Er starrt noch immer auf den Monitor. So bleibt das Eintreffen von Highman unbemerkt. Erst als der Prof sich räuspert, erschreckt der Major aus seinen Gedanken. Highman hat einen Hauch von Panik im Gesicht. So hatte Jenkins den alten Mann noch nicht gesehen. „Der Präsident und Gen Macdave sind mit den Verteidigungsministern Evans und Minski samt Stab im Käfig eingeschlossen. Das Problem… da gibt es keinen manuelle Öffnung. Pioniere arbeiten daran. Aber der Sauerstoff reicht nur noch so ca. drei Stunden. Plus Minus. Auch unsere Sauerzufuhr ist nicht mehr gewährleistet. Wir müssen bald hier raus bevor wir ersticken. Die Belüftung ist ausgefallen. Der CO2 Wert wird rapide steigen. Zum Glück wurden die Außentore teilweise geöffnet."

Der Major schüttelt sich. Dann springt er auf. „Wir räumen die Abteilung. Sammeln im Vorraum" Zugleich denkt er daran, dass alle nun über die Nottreppen den Aufstieg an die Oberfläche vor sich haben. Alle Mitarbeiter der Abteilung versammeln sich im Vorraum. Emma schaut sich ängstlich um. Die Notbeleuchtung flackert wie in einem schlechten Film. Auf dem Gang sind immer mehr Personen Richtung Treppen unterwegs. Jenkins versucht mit dem Telefon einen Vorgesetzten zu erreichen. Aber vergeblich. Irgendwo hört man noch eine Sirene heulen. Immer noch Evakuierungsalarm erkennt der Major. Sie machen sich auf den Weg an die Oberfläche. Keiner weiß was sie dort erwartet.

Die Orion schwebt noch in der Umlaufbahn. Dabei beobachtet die Besatzung, dass sich die Sonne nun immer schneller verdunkelt. Nunmehr ist die Mauer dunkelblau. Es sieht gespenstisch aus. So langsam kommt das Dreieck in den Sichtbereich. Was für ein Anblick. Die blaue Aura pulsiert, dadurch scheint das Objekt immer größer und wieder kleiner zu werden. Ununterbrochen kommen auch immer wieder blaue Strahlen von der Mauer zum Schiff. Plötzlich hört Hiro ganz schwach und abgehakt eine menschliche Stimme. Er hebt die Hand. Alles ist augenblicklich ruhig. „Hier die Orion. Bitte wiederholen sie. Sie sind kaum verständlich." Hiro lauscht wie ein Luchs. Da hat er wieder eine Verbindung. Mit hochrotem Kopf dreht er sich zu Ruskow. „Es sind die Russen. Sie leben noch." Ein kurzer Jubel tritt ein. Dann ist wieder Ruhe. Hiro lauscht. „Sie haben Systemausfälle. Aber Anna Winkerow meint, sie schaffen es bis zur Erde. In ca. zwei Stunden versuchen sie in die Umlaufbahn zu schwenken." Hiro antwortet. Er erklärt, dass die ISS geräumt wurde und die Besatzung mit der Orion auf den Weg zur Erde ist. Dass der Kontakt zu NORAD abgebrochen ist fügt er noch hinzu. In diesem Moment schreit Maschmann auf. Er gestikuliert und zeigt zum Fenster. Alle drehen ruckartig den Kopf in die Richtung. Was sie da sehen lässt sie erschauern. Das Dreieck ist auf die doppelte Größe angewachsen. Und es hat sich in Bewegung gesetzt. Langsam schwebt es auf die Erde zu. Grausig schön sieht es vor der dunklen Sonne aus. Sie sehen noch einen kurzen Lichtblitz aus Richtung Mond. Kommandantin Winkerow hat kurz die Haupttriebwerke gezündet.

Es sieht aus wie in der Dämmerung. Immer mehr Menschen kommen aus dem Haupttor am Berg. Die dunkelgraue Sonne steht hoch am Himmel. Die großen Laternen auf dem Vorplatz sind aus. Und was Vielen sofort auffällt. Es herrscht eine trügerische Ruhe. Kein Flugzeug, kein Auto. Einfach unglaublich. So langsam füllt sich der Vorplatz. Offiziere stehen herum und suchen ihre Einheiten. Ein paar Soldaten rennen auch in den Berg hinein. Es sind Freiwillige die zu den Rettungstruppen gehören. Sanitäter bauen im

Hintergrund Zelte auf. Erste Lagerfeuer brennen schon. Truppen sammeln sich. Die militärische Disziplin gewinnt die Oberhand.

Highman kommt nur langsam voran. Die steilen Treppen verlangen dem alten Prof alles ab. Hawkins und Jenkins helfen ihm wo sie können. Trotzdem haben sie immer noch zwei Ebenen vor sich. Jedoch ist jede Ebene hier so viel wie fünf Stockwerke in einem Haus. Nicht zu vergessen die meterdicken Zwischenböden. Die Notbeleuchtung ist eigentlich nur noch am Glimmen. Nichts sieht mehr nach der militärischen Zentrale NORAD aus. „Wer hätte gedacht, dass alles so schnell zusammenbricht", ächzt der Prof. Es ist ein Chaos. Die Gruppe hat abseits der Treppe eine Pause eingelegt. Im Kasino nebenan sind Getränke und Speisen vorhanden. Hawkins holt mit zwei Mann für alle ein wenig Verpflegung. Das Personal ist verschwunden. Aus dem Treppenhaus hört man ein Stimmengewirr. Die Treppenhaustür springt auf. Zwei Militärpolizisten nähern sich der Gruppe. Dann sehen sie den Major und grüßen: „Sir, alles OK bei ihnen? Wir drehen immer wieder Kontrollrunden um zu schauen, dass alle gut raus kommen". Jenkins erklärt den MPs die Lage. Sie nicken nur und schon sind sie verschwunden. Die Notbeleuchtung ist so gut wie aus. In einem Lagerraum neben dem Kasino liegen noch Taschenlampen. Jenkins

greift zu und verteilt die Leuchten an die Gruppe. Nach
einer längeren Pause geht es weiter nach oben.

Laura Danostra hat die Triebwerke noch einmal
gezündet. Die Orion gleitet nun in die Atmosphäre.
Längst ist der Kontakt zur Federazija abgebrochen. Das
Schiff fängt an sich zu schütteln. Von draußen erschallt
ein Rauschen, Fauchen und Dröhnen. Der Wiedereintritt
beginnt. Die Besatzung liegt angeschnallt in seinen
Sitzen. Nun kann jeder nur warten. Urplötzlich brechen
die Geräusche ab. Alle spüren den freien Fall. Ruskow
sitzt schon an den Steuerknüppeln und bringt die Orion
in Gleitposition. Die Erdoberfläche ist dunkel. Noch
immer keinerlei Funkkontakt. Am Horizont Richtung
Süden erkennt er einen leichten blauen Schimmer. Er
entschließt sich es für sich zu behalten. ‚Was nun? Wo
zum Teufel soll ich landen?‘ Hiro versucht schon
verzweifelt irgendeinen Kontakt zu bekommen. Aber das
Einzige ist Rauschen. Sie sind über den USA. Nördlicher
Teil. Aber es ist, als wäre da unten kein Mensch. Im
Sichtflug gleiten sie Richtung Süden. Der Commander
möchte das Schiff so nahe wie möglich an NORAD
heranbringen. Aber Hiro hat immer noch keinen Kontakt.
Langsam sieht die Besatzung beim Niedergleiten kleine
schwache Lichter an der Oberfläche. Erstes Zeichen von
Leben. Mehr ist momentan leider nicht zu erkennen. Der
Dämmerzustand ist bei der Navigation auch wenig
hilfreich. Unter ihnen ist ein Flusslauf zu erkennen. Auf

einmal brandet Jubel auf. Es ist der Colorado River. Im Westen erscheint ein Gebirgszug. Der Capt schwenkt in Richtung Westen. Auf der Oberfläche tauchen immer wieder Ortschaften auf. Überall sieht man immer deutlicher kleine Lichter. Aber auch vielerorts Brände. Sie nähern sich dem Gebirge. Unter ihnen eine große Stadt. Spiralförmig geht der Sinkflug weiter. In eine dunkle verschwommen wirkende Unwirklichkeit.

Kosmonautin Winkerow steuert das Schiff im Notbetrieb. Mit letzter Energiereserve wurde eine Erdumlaufbahn erreicht. Nun schweben sie einen Umlauf zur letzten Überprüfung des Raumes vor dem Wiedereintrittsmanöver. Schlagartig wird es blau in der Federazija. Noch ehe die Besatzung realisiert was passiert explodiert das Schiff. Es wurde im Flug von einem blauen Energiestoß getroffen. Zurück bleiben nur kleinste Trümmerteile. Die Federazija hatte aufgehört zu existieren.

In selben Augenblick tritt die Gruppe um Jenkins aus dem Berg. Das letzte Stück des Weges musste Highman getragen werden. Sofort nähern sich Sanitäter und übernehmen den Professor der einen Schwächeanfall erlitten hat. Die restliche Gruppe schaut sich um. Das Zeltlager ist inzwischen gewachsen. Alles steuert auf ein bestimmtes Zelt zu. Es ist eine provisorische Meldestelle. Jenkins marschiert derweil zu dem Zelt mit der

Kommandeurflagge. Hier hofft er genauere Informationen über die Lage zu bekommen. Drinnen herrscht ein fürchterliches Durcheinander. Ein Colonel führt das Kommando. Jenskins meldet sich. Er wird registriert… kurz über sich und seine Leute befragt… und schon ist er wieder entlassen. Neuigkeiten hat er nicht erfahren.

Angekommen bei seiner Gruppe merkt er, dass alles auf ihn blickt. Er fühlt sich hilflos. Der ganze Militärapparat hat angehalten. Momentan ist keine Verbindung zur Außenwelt vorhanden. Jenkins und Hawkins sitzen ein wenig abseits und reden zusammen. Emma stößt hinzu. „Sir… wie läuft es nun weiter? Ich möchte nach Hause. Meine Kinder sind daheim." Der Major schaut sie nur an. Er weiß nicht was darauf zu erwidern wäre. Inzwischen haben zwei Mann vom Team ein Feuer entzündet. Es ist empfindlich kühl geworden. ‚Wie gern würde ich jetzt einen Kaffee trinken', denkt sich Jenkins, als er zum rauchenden Hawkins schaut. Vom Haupttor ist Geschrei zu hören. Noch stehen die Wachen dort. Eine Gruppe Zivilisten aus dem nächsten Dorf steht dort und möchte rein. Die Wachen verwehren aber den Einlass. Es ist militärischer Sperrbereich. Andere Soldaten werden auf den Tumult aufmerksam. Auch wollen die ersten Menschen den Bereich verlassen.

Offenbar scheint Außerhalb die Ordnung rasant zusammen zu brechen.

‚Alles verändert sich radikal schnell. Ohne Strom und mit der andauernden Dämmerung bricht die Welt wie wir sie kennen zusammen.' Major Jenkins schläft im sofort ein.

Der Rest der Gruppe ist am nächsten Morgen kleiner geworden. Außer Hawkins und Emma ist nur noch einer aus dem Team Highman anwesend. Die letzten Rettungstrupps kommen aus der Anlage. Schnell geht die Nachricht herum, dass alle im Käfig Eingeschlossenen nicht mehr am Leben sind. Eine Hiobsbotschaft. Der Präsident und ein Teil der Regierung tot. Und niemand weiß, was mit den anderen Regierungsmitgliedern ist. Jenkins sitzt vor dem Zelt und schaut auf das Feuer. Emma hat irgendwo eine Kanne organisiert. Nun duftet es nach frischem Kaffee. „Es geht dem Professor wieder besser", mit diesen Worten reicht Emma einen Kaffee rüber. Der Major nickt nur. Assistent Hawkins raucht derweil eine seiner letzten Zigaretten. „Es scheint keinerlei Elektrik und Elektronik zu funktionieren." Er zieht wieder mit Genuss an seiner Zigarette. Auf dem Areal gibt es noch so etwas wie Ordnung. Aber der Wechsel von Dunkelheit und Dämmerung zerrt bei vielen an den Nerven.

Die Orion ist gelandet. Auf freiem Feld hat Ruskow mit Unterstützung des Sgt Maj das Schiff in einer Bruchlandung auf den Boden bekommen. Wie durch ein Wunder ist das Schiff nur leicht beschädigt. Die sieben Leute haben es den Umständen nach gut überstanden. Nichts, außer leichten Verletzungen. Gegenseitig verbindet sich die Besatzung die Verletzungen.
Nach einer fast schlaflosen Nacht im Schiff sitzen sie zusammen und beraten. Hiro befindet sich noch im Schiff. Er flucht. „Nichts funktioniert mehr. Alles ist tot." Eine ungewöhnliche Stille umgibt das Schiff. Bisher hat die Besatzung noch keinen Menschen gesehen. Es wirkt wie ausgestorben. In der Ferne ist ein Highway. Dort aufgereiht stehen Fahrzeuge Stoßstange an Stoßstange. Rechts von ihnen sehen sie einen Quader, der blau eingefärbt ist. Hiro wundert sich darüber. Aber es ist keine Zeit darüber nachzudenken. Es gibt Wichtigeres im Moment. Die Dämmerung lässt die Landschaft unwirklich erscheinen. Am südlichen Horizont ist ein Feuerschein zu beobachten. „Wie fahren wir nun fort? Wir können ja nicht ewig hier bleiben." Danostra schaut in die Runde. Der Capt erhebt sich. „Wir müssen nach NORAD. Wir packen die Rucksäcke mit dem was wir brauchen. Besonders Verpflegung und Wasser. Vorhandene Waffen auch. Und dann marschieren wir in Richtung Gebirge. Erstmal umgehen wir jede Ortschaft. Das erscheint mir sicherer. Maschmann guckt ungläubig „Was ist mit der Orion? Sie darf nicht in fremde Hände

fallen." „Mein lieber Maschmann. Schauen sie sich um. Wir leben schlagartig in einer anderen Welt. Ich wette mit ihnen, dass dieses Schiffswrack niemanden mehr großartig interessieren wird. Die Menschen haben nun ganz andere Probleme." Hiro war leicht säuerlich. Kurz darauf hat er seinen Rucksack gepackt. Abmarschbereit stehen sie zusammen. Unwirklich sehen sie in den NASA-Anzügen aus. Ein weiter Weg liegt vor ihnen. Ein Marsch ins Ungewisse.

Ein paar Tage später…

Die blaue Aura des vor über einer Woche gelandeten Dreiecks umgibt die ganze Erde. Nachts ist es stockdunkel. Kein Stern ist am Himmel zu sehen. Tagsüber ist die schwarze Sonne am Himmel. Und alles erscheint in einem blauen Schimmer. Die öffentliche Ordnung ist größtenteils zusammengebrochen.

Seit zwei Tagen ist die ehemalige Orionbesatzung auf dem Areal von NORAD. Die Anlage an sich ist nur im Eingangsbereich nutzbar. Die Menschen beginnen sich an ein Leben ohne jeglichen Strom zu gewöhnen. Die ehemalige Eingangshalle von der Anlage ist mit Fackeln beleuchtet. Immer noch stehen viele Militärzelte auf dem Areal. Wie ein Artefakt vergangener Zeiten hängt die amerikanische Flagge über dem Eingang. Die Truppendisziplin ist im Großen und Ganzen

untergegangen. Der größte Teil der ehemaligen
Belegschaft hat das Areal verlassen. Areal wird es von
den Zurückgebliebenen genannt.
Jenkins und Ruskow sitzen vor einem der Gebäude. Das
ehemalige Bürogebäude wird als Wohnstätte genutzt.
Emma und Danostra trinken zusammen Kaffee. An
Vorräten mangelt es noch nicht. Freiwillige haben soweit
wie möglich alles aus der Anlage geholt. Der Colonel ist
zum Bürgermeister gewählt worden. In der vergangenen
Zeit haben eingeteilte ehemalige Soldaten das Benzin aus
den nun nutzlos rumstehenden Autos gezapft. So hat man
mit dem alten Tanklager noch gewisse Brennstoffvorräte.
Seit mehreren Tagen ist kein Mensch mehr neu auf dem
Areal eingetroffen. Die umgebenen Wälder erscheinen
wie ausgestorben. Ruskow sitzt mit mit dem Rest
zusammen. Er hat lange mit Jenkins diskutiert. Nun
tragen sie den Anwesenden einen Plan vor „Nach
mehreren Gesprächen mit dem Colonel haben wir einem
Plan zugestimmt. Wir glauben, dass ein weiteres
Ausharren im Areal nichts bringt. Deshalb haben ich
und Jenkins dem Vorschlag des Colonels zugestimmt.
Morgen Früh brechen wird aufgebrochen. Wir wollen
versuchen die Area 51 zu erreichen. Wer sich freiwillig
melden möchte, ist gern willkommen." Sie starrten
Ruskow ungläubig an. So eine Aktion. Das grenzt an
Wahnsinn. Erst letzte Woche waren sie mit Emma in die
benachbarte Stadt gelaufen. Eine nicht ungefährliche
Reise. Emma suchte ihre Kinder. Aber ihr Haus war leer.

Genau wie viele anderen. Die Bewohner waren verschwunden. Kaum ein Mensch war auf den Straßen zu sehen. Es wirkte alles mehr wie gespenstisch. Und nun so etwas. Eine Expedition über hunderte von Kilometer. Und das zu Fuß? Alle diskutierten durcheinander: Maschmann wirft ein, dass er dableiben werde. Mit dem Prof will er weiterhin am Aufbau des Areals mitarbeiten. Hiro ist nachdenklich: „Ich werde euch begleiten. Allein schon deshalb, weil meine Familie in der Nähe von Vegas lebt. Ich hoffe, sie sind noch dort." Auch Emma und Danostra, sowie Hawkins und einer der ehemaligen Seals, wollen mit. Kurz darauf fangen die sieben Leute an, ihre Ausrüstung zusammen zu stellen.

Die schwarze Sonne strahlt immer noch die gleiche Wärme wie früher aus.

Nur das blaue Tageslicht lässt alles unwirklich und surreal erscheinen. Ruskow denkt an den Tag der Landung zurück: ‚Da war nur ein blauer Schimmer am Horizont. Genau in der Richtung wohin wir nun marschieren. Hoffentlich geht das alles gut' Mit diesen Gedanken schließt er den Rucksack. Wie jeder im Areal trägt er eine neue Uniform. Die alte Kleiderkammer war reichlich bestückt. Jeder hier ist mit neuer Uniform bekleidet. Jeder von den Sieben hat sich beim Bürgermeister ein Gewehr und eine Pistole, samt genug Munition, übergeben lassen. ‚Besser so. Man weiß ja nie' Ruskow hat alles fertig gepackt. Hawkins hat eine Karte aufgetrieben. „Wie gut, dass ich meinen alten

Kompass habe. So können wir schon mit der Karte zusammen zielgerichtet vorankommen." Sofort kommt Zustimmung aus der Runde. Highman ist mittlerweile dazugestoßen. Dankend nimmt er einen Kaffee an. Dazu hat er seine Pfeife angezündet. Die Diskussion über die Expedition der Sieben ist immer noch nicht abgeflacht. „Wenn ich nur 20 Jahre jünger wäre. Ich würde euch sofort begleiten. Aber ich bleibe hier und werde mit Maschmann den Bürgermeister nach Kräften unterstützen. Und... vielleicht kommt ihr ja wieder zurück nach Hause. Ihr wisst, dass ihr hier jederzeit willkommen seid." Sagt es, erhebt sich… und schüttelt jedem der Sieben zum Abschied die Hand. Nachdenklich wandert er zurück, begleitet von Maschmann.
Nach einer erholsamen Nacht herrscht vor der Unterkunft Aufbruchsstimmung. Die Sieben verabschieden sich, als der Bürgermeister vor ihnen steht. Er wollte es sich nicht nehmen lassen, die Gruppe persönlich bis zum Tor zu begleiten „Meine Damen und Herren. Hier trennen sich unsere Wege. Ich wünsche ihnen viel Glück auf der Reise. Und falls sie in der Area 51 wider Erwarten sowas wie eine Administration antreffen, berichtet denen dann von unseren Areal. Sonst bete ich dafür, dass keinem von euch etwas zustößt. Und so Gott will, sehen wir uns hier eines Tages wieder." Dabei hob er die Hand zum militärischen Gruß. Alle Sieben bedanken sich, grüßen zurück. Außerdem überreicht er Jenkins ein Schriftstück mit Stempel und

Unterschrift zur Legimitation der Gruppe. Vielleicht kann es ja in Zukunft helfen. Am Ende übergibt der ehemalige Colonel jedem der Sieben noch ein Army-Messer, schüttelt jede Hand und geht zurück ins Areal. Die ersten Kilometer sind geschafft. Keine Menschenseele ist zu sehen. Die Gruppe wandert durch das bewaldete Tal. Überall stehen Autos auf der Straße. Sie wirken wie Relikte einer anderen Zeit.

Gegen Abend sehen sie eine Scheune. Langsam und vorsichtig nähert sich die Siebenergruppe dem Gehöft. Als sie eintreten wird klar, dass es verlassen ist. Bis auf ein paar Maschinen ist auch Stroh gelagert. „Besser geht es doch nicht.", äußert sich Laura. Nun sitzen sie zusammen. Tanaka Hiro studiert mit Jenkins die Karte. „Morgen kommen wir zu dieser Stadt. Ich würde vorschlagen, sie zu umgehen." Tanaka überlegt. Dann schaut er nachdenklich zu den anderen „Sicherer wäre es. Wir wissen nicht was in der Stadt los ist. Ich glaube auch es wäre das Beste".

Beim letzten Wort verspeist er den letzten Bissen von seinem Sandwich.

Samuel Hawkins sitzt vor der Scheune. Fasziniert schaut er dem Sonnenuntergang zu. Die schwarze Sonne versinkt und das blaue Tageslicht wird schwächer. Er drückt die Zigarette aus und träumt vor sich hin: ‚Wie in einem bösen Traum. Keine zwei Wochen und die ganze Welt hat sich total verändert'. Er lauscht. Irgendwo hört er Vögel. Aber dann… Hufgetrappel. Er springt auf und

ist im Nu in der Scheune. „Achtung." Durch seine
Warnung sind alle wach. Edmund Ruskow und Juan
Alfaro, der Seal, stehen sofort bewaffnet an dem Tor.
Durch das Fenster sieht Ben Jenkins im letzten blauen
Licht einen Reiter. Geradewegs kommt er auf die
Scheune zu. Schon in der Ferne ruft der Fremde etwas.
Am Tor angekommen stellt er sich als Eigentümer der
Scheune vor. Mister Ford ist Farmer. Auf seinem
Kontrollritt sah er Hawkins in die Scheune verschwinden.
„Guten Abend zusammen." Ford schaut auf die Sieben.
Ben tritt vor und reicht ihm die Hand. „Guten Abend, Sir.
Wir wollen uns gleich entschuldigen. Wir wussten nicht,
dass die Gegend bewohnt ist. Zum Übernachten ist die
Scheune gut, dachten wir. Morgen früh sind wir wieder
verschwunden." Der Farmer setzte sich. So erfuhr die
Gruppe, dass er mit seiner Familie und ein paar
Arbeiterfamilien auf der Farm lebt. Er war erfreut zu
erfahren, dass im Areal noch so viele Menschen leben.
Seit acht Tagen waren sie die ersten Menschen, die er
gesehen hat. Nach kurzer Zeit verließ Ford die Gruppe.
Mittlerweile war es Nacht geworden.
Am nächsten Tag zogen sie schon früh los. Das blaue
Tageslicht schien heute intensiver. Zurzeit ziehen die
Sieben durch ein langes Feld. Ein Summen ist schon
längere Zeit zu hören. Angekommen am Rand des Feldes,
sehen sie etwas Unglaubliches. Vor ihnen auf einer
Kreuzung steht ein schlanker metallener Quader. Von
Ihm geht das Summen aus. Aber was alle noch mehr

irritiert… der Quader strahlt intensiv in blauer Farbe. Und er steht zwischen alten Autos. Von diesen Fahrzeugen ist alles wie weggebrand, was sich in dem intensiven blauen Kreis befindet. Alfaro geht ein Stück drauf zu. Er nimmt einen Stein und wirft diesen Richtung Quader. Der Stein löst sich mit einem Blitz auf, noch bevor er den Quader erreicht. „Dieses Teil kann nur zu dem Dreieck gehören." Edmund schaut wütend zu dem Ding. Hiro hat seine Pistole gezogen und zielt. „Versuchen wir es doch mal so." Der Schuss peitscht durch den Morgen. Es passiert dasselbe wie mit dem Stein. Die Kugel wird aufgelöst. Tanaka holt ein Notizbuch raus und notiert alles haarklein. Es entspannt sich eine rege Diskussion. Einigkeit besteht darüber, dass dieser Quader nicht irdisch ist.

Ein paar Tage später…

Bisher sind die Freunde gut vorangekommen. In weiter Ferne sahen sie manchmal Gruppen von Menschen. Die zogen vorüber ohne das die Siebenergruppe bemerkt wurde. Heute war ein besonders heißer Tag.
Bis zum späten Nachmittag passiert nichts Außergewöhnliches. Die schwarze Sonne brennt auf der Haut. Sie hatten gegen Mittag eine Stadt umgangen. Bis auf den Farmer haben sie bisher keine weiteren Menschen gesehen. Aber nun beobachten sie in einiger Entfernung eine Gruppe Menschen. Diese zieht, genau

wie die Sieben, in Richtung Süden. Laura Danostra besitzt einen Feldstecher. Sie beobachtet die fremde Gruppe. Die Sieben hocken im Straßengraben. „Es scheinen Familien zu sein. Ich sehe Männer, Frauen und auch Kinder. So ca. 40 Personen." Sie reicht Ben den Feldstecher. Angestrengt beobachtet er die große Gruppe. „Ich sehe keine Waffen. Alles in allem sehen sie friedlich aus." Langsam folgen sie den Fremden. Immer bemüht im Graben in Deckung zu bleiben. Am Horizont sieht man die Silhouette einer Stadt. Darin Brände. Dichte Rauchwolken steigen auf. Gelegentlich sind Schüsse zu hören. Es wird beraten. „Ich schlage vor, dass wir die Ortschaft umgehen. Da würde sich der Wald rechts von uns anbieten. „Ruskow schaut alle an. Die Zustimmung lässt nicht lange auf sich warten.

Mit der untergehenden Sonne erreichen die Sieben den Wald. Da die Dunkelheit naht, richten sie ihr Nachtlager mitten in einer Tannenschonung ein. So sind sie geschützt. Kurz drauf schlafen alle... bis auf Alfaro. Er bleibt wach und hält Wache. Die Nacht ist stockdunkel. Kein Stern ist zu sehen. Und auch der Mond leuchtet nicht mehr. Juan wandert ein wenig herum. Überall hört man Geräusche. Tiere denkt er sich. Auf einmal steht Samuel Hawkins neben ihm. Der Raucher hat wieder eine Zigarette auf den Lippen. Leise unterhalten sie sich. Samuel erzählt von den letzten Tagen. Von der Arbeit mit dem Professor. Juan hört interessiert zu. Zwischendurch erwidert er einiges. So lief die Unterhaltung langsam aus. Juan ging zu seinem Platz. Hawkins hielt den Rest der Nacht Wache. ‚Keine zwei Wochen her, und ich denke an einen Burger, als wenn es eine Kindheitserinnerung wäre‘ Die Gedanken ließen ihm das Wasser im Mund zusammenlaufen. Auch er hörte immer wieder Tiere. ‚Wenigstens das ist geblieben.‘ Bald müsste die Sonne aufgehen. Immer noch nicht hat sich Einer aus der Gruppe ansatzweise an die schwarze Sonne gewöhnt. Und das blaue Licht macht jeden Tag zu einem künstlichen Tag.

Emma hat neben der Schonung einen Bach entdeckt. Freudig füllt jeder seine Wasserflaschen auf. Ben Jenkins vermisst seinen morgendlichen Kaffee. Bestimmt gibt es in den Ortschaften noch Geschäfte die Waren haben. Aber alle sind der Meinung, dass es zu gefährlich wäre. Solang noch Vorräte vorhanden sind, wollen die Sieben das Risiko so minimal wie möglich halten.

Sie wandern nun schon den vierten Tag. Es wurde noch ein Quader entdeckt. Er steht in einem Maisfeld. Im Umkreis von ca. einem Meter um den Quader ist alles weg. Nur verbrannte Erde. Auch hier nur ein lautes Summen. Ruskow glaubt, dass diese Objekte dazu dienen, alles lahmzulegen. Hiro denkt, es wäre so etwas wie ein DauerEMP. ‚Einen Tag und sie hatten uns. Wir wurden in einem Krieg besiegt, den wir alle gar nicht bemerkt haben. Erst als alles zu spät war, verstanden wir überhaupt erst ansatzweise was los ist. Niemals hätte jemand mit so etwas gerechnet‘ Edmund Ruskow lief in

Gedanken weiter. ‚Unser ganzes Wissen, unsere Technik und unser Militär… es war nichts mehr Wert. Die Menschheit hat eine totale Niederlage erlitten, ohne auch nur einen Schuss' Er stößt mit Emma zusammen. Sie standen alle. Keine hundert Meter vor ihnen war eine Gruppe Reiter. Und es sah nicht friedlich aus. Alle waren schwer bewaffnet. Das ganze Bild rundete eine US Flagge ab, die einer der Reiter hoch hielt. Nun standen sie sich gegenüber. Alle Sieben halten die Gewehre schussbereit. Ein Reiter löst sich aus der Gruppe. Er schwenkt ein weißes Tuch. Juan und Ben schauen nervös zu dem Reiter. Dieser kommt langsam näher. Es ist ein älterer Mann, irgendwie passt sein Pferd und er nicht zusammen. „Guten Tag zusammen!". Freundlich kommt der Fremde rüber. „Darf ich fragen, was sie in unsere Gegend führt?" Ben Jenkins mustert ihn. Besonders der Sheriffstern sticht ihm ins Auge. „Guten Tag. Wir sind auf der Durchreise. Wir kommen von NORAD und wollen nach Las Vegas." Der Reiter guckt verdutzt. Mit einem Lächeln steigt er vom Pferd und kommt rüber. Freundlich schüttelt er jedem die Hand. „John, ist mein Name. Ich bin der alte, wie auch neue, Sheriff aus Greenriver. Sie sind seit über einer Woche die ersten Fremden überhaupt. Wie ich sehe wohl alles Soldaten?" Ben grinst: „Nein... Soldaten und Wissenschaftler. Nach der Katastrophe sind wir im Bereich von NORAD geblieben. Die neue Siedlung dort nennt sich nun Areal. Diese Kollegen hier (er zeigt auf

Ruskow, Hiro und die beiden Seals) sind später dazu gestoßen. Nun sind wir unterwegs, um zu erkunden, ob noch so etwas wie eine staatliche Ordnung in der Area 51 existiert." John schaute ihn ungläubig an. Dann erzählte er von seiner kleinen Stadt. Vom Zusammenbruch. Und wie ganz langsam wieder ein bisschen Leben im Ort begann. Dann lädt er die Sieben ein, in der Stadt zu übernachten. Nach kurzer Beratung stimmen sie zu. „Dann folgen sie mir bitte.", sagt er und geht mit seinem Pferd in Richtung der Gruppe. Die Sieben folgen ihm. Beim Näherkommen sehen sie, dass diese ganze Schar alles meist ältere Männer sind. Nach kurzer, kalter Begrüßung geht es der Straße in Richtung Osten nach. Kurz darauf erscheint in einem kleinen Tal ein Ort. Und erstmals seit ihrem Aufbruch sehen sie eine Ortschaft mit Leben. John führt sie durch die Hauptstraße. Freundlich, aber reserviert grüßen die Bewohner.

Bewaffnete Fremde scheinen ihnen nicht geheuer zu sein. Im Vorbeigehen sehen Emma und Ben viele leere Fenster. Auch hier sind viele Einwohner verschwunden. Dann kommen sie an einem Hotel an. John zeigt auf das Gebäude. „Hier können sie bleiben. Da haben sie jeder ein Bett und gutes Essen. Sogar baden kann man. Wir haben einen Wasserboiler mit Holzheizung aufgebaut. Seit dem schlimmen Tag hat sich die Solidarität in unserer Gemeinde immer stärker entwickelt." Mit den letzten Worten ist er schon im Haus verschwunden. Kurz darauf kommt John in Begleitung einer Frau heraus. Kate gehört das Hotel. Sie begrüßen sich. Nur Edmund sagt nichts. Beim Eintreten flüstert er John etwas zu. Aber John lächelt nur und erwidert „Keine Sorge. Geld zählt bei uns nichts mehr. Als Bezahlung für Kate können die Männer ja hinter dem Haus Holz hacken. Und die Damen gehen Kate zur Hand" Nachdem dieses geklärt ist, zeigt Kate jedem sein Zimmer. Sie sind die einzigen Gäste. Aus der Küche duftet es phantastisch. Seit Wochen das erste ordentlich warme Essen. Und Ben Jenkins traut seiner Nase nicht. Es duftet nach frischen Kaffee. Er freut sich wie ein kleines Kind. Zu dieser Zeit ist Hawkins ein wenig im Ort unterwegs. Er hofft noch irgendwo eine Schachtel Zigaretten zu bekommen. Nun steht er vor einem ehemaligen Supermarkt. Ein grimmig dreinblickender Mann steht vor dem Eingang. „Hallo, Mister. Kann ich bei ihnen Zigaretten erwerben?" Samuel wird vom Gegenüber gemustert. „Jeah... haben wir noch. Eine Stange bekommen sie für Regale auffüllen." Samuel ist begeistert. Sofort ist er im Geschäft und macht sich an die Arbeit. In einem Gang stehen Kisten mit Konserven. Er räumt alles in die Regale. Er will Nachschub holen, da fällt ihm auf, dass nur noch Reste im Lager vorhanden sind. Kurz darauf, nachdem seine Arbeit erledigt ist, nimmt er seine Zigaretten in Empfang und verlässt das Geschäft dankend. Eine Erwiderung hört er nicht.

Zeitgleich sitzen Ben mit Tanaka, Laura und John bei einem Kaffee. John ist sehr neugierig, was so alles außerhalb des Ortes passiert ist. Auch erzählt er von dem besonderen Tag. Der Strom fiel plötzlich aus. Die Sonne wurde immer dunkler und dann ganz schwarz, und das Tageslicht wurde blau. Nachdem tagelang der Strom weg war und kein Fahrzeug, keine Maschine mehr lief, fingen die Bewohner an zu improvisieren. Und außerhalb der Stadt war auch einer von den mysteriösen Quadern aufgetaucht. Von jetzt auf gleich, wie aus dem Nichts. Das große Problem für den Ort ist die Versorgung. Die Vorräte reichen nicht mehr lange. Das Glück hier war das Großlager. „Wir haben auf unserem Weg hierher kaum Menschen gesehen. Bisher konnten wir in verlassenen Häusern immer noch das eine oder andere Brauchbare finden. Darum sind wir ihnen für ihre Gastfreundschaft sehr dankbar." Danach hielten sie noch ein wenig Smalltalk bis John geht. Auch von Kate hört man nichts mehr. Die Sonne war untergegangen. Beim Licht von Kerzenlampen sitzen Samuel und Laura noch draußen. Laura erwähnt im Gespräch, dass die Stadt schon mehr als normal ist. Hawkins fällt in dem Moment etwas auf. „Als ich heute in dem Laden war, sprach kaum jemand zusammen. Auch auf der Straße dasselbe. Jetzt, wo du es sagst, fällt es mir erst richtig auf." Laura denkt kurz nach. Das war es… Kate benahm sich auch seltsam. Wortlos machte sie ihre Arbeit. Kate sprach nur, wenn sie direkt angesprochen wurde. „Irgendwas ist schon recht seltsam hier. Alle freundlich und reserviert. Und jeder sehr wortkarg. Mhhhh…“ Samuel nickte ihr zu. Morgen früh beim Frühstück will er dieses Thema mit den Freunden besprechen. Leise tuschelnd gingen beide auf ihre Zimmer.

Am nächsten Morgen duftet schon der Kaffee. Kate hatte alles hergerichtet. Wortlos steht sie nun da. Die Freunde haben gut geschlafen und freuen sich auf das Frühstück. Laura und Samuel äußern im Gespräch ihre Beobachtungen. Sofort beginnt eine angeregte, aber leise Diskussion. Alle sehen, dass Kate nicht im Geringsten reagiert. Sie steht nur da und schaut ins Leere. „Wir werden uns nach dem Frühstück auf den Weg machen. Dieser Aufenthalt hier war schön, aber ich sage mal, dass wir hier niemanden zur Last fallen wollen.“ Kate schaute nun rüber. Dann kam sie mit der Kaffeekanne und füllte nochmal nach. Wortlos. Nun fällt es auch den anderen auf. Irgendwas passt nicht.

Ben und Edmund sind auf dem Weg zum Polizeirevier. Mit John wollen sie über sieben Pferde sprechen, die sie allein auf einer Weide, in der Nähe des Hotels, gesehen haben. Das Anwesen schien verlassen.

Drinnen sitzt John in seinem Büro. Ben wundert sich warum noch ein PC und Telefone auf dem riesigen Schreibtisch stehen. „ Hallo John. Wir haben da beim Hotel auf der Weide Pferde gesehen. Können wir da was machen, dass wir die Pferde erhalten. Scheinbar ist das Anwesen verlassen.“ Es dauerte Sekundenbruchteile bis

John reagierte. Der Deputy sitzt derweil teilnahmslos im Vorraum. Den beiden Freunden ist es unbehaglich zumute. Aber schon willigt John ein. Im gleichen Atemzug bietet er den sieben Freunden die Zimmer für die nächste Nacht an. Ben aber erklärt, dass sie weiter müssen. Und er wäre sehr dankbar für die Pferde… Immer noch sitzt der Deputy fast regungslos im Vorraum. Die beiden Freunde verabschieden sich und schlendern langsam Richtung Hotel. Edmund schaut auf dem Weg in eine Seitenstraße. Er traut seinen Augen nicht. Auf einem Transporter steht einer der ominösen Quader. Halb verdeckt mit einer Plane „Ben, schau' mal ganz unauffällig rechts in die Gasse." Sofort gleitet sein Blick unauffällig in die Richtung. Schlagartig ist sein Gesicht blass. „Was geht hier vor? Am besten verschwinden wir so schnell wie möglich." Ben beschleunigt seinen Schritt. Edmund läuft sofort hinter ihm. Am Hotel steht Samuel vor der Tür und raucht. Er wundert sich ein wenig über die Eile seiner beiden Freunde. Erstmal erzählen sie Samuel belanglos von den sieben Pferden. Edmund hört drinnen die beiden Frauen lachen. Sie sitzen mit Juan und Tanaka am Tisch. Ben setzt sich dazu. Erst spricht er von den sieben Pferden. Kate steht wieder hinter der Theke und ist regungslos. Dann wird er leiser. „Wie müssen hier schnellstens verschwinden. Auf dem Weg vom Sheriff hierher haben wir unglaubliches gesehen. Oder besser auch schon beim Sheriff. Er hatte wie selbstverständlich noch PC und Telefone auf dem

Schreibtisch. Und auf dem Rückweg sahen wir in einer Nebengasse einen von diesen Quadern auf einen Transporter stehen. Und er strahlte nicht. Irgendwas geht hier vor. Und bestimmt nichts Gutes. Es kommt einem vor, als wären die Bewohner beeinflusst. Vielleicht sogar von den Außerirdischen. Darum alle sofort unauffällig packen. Samuel und ich schauen am Anwesen nach Sattel und Zaumzeug. Nachher dann nichts wie weg. Wie auf Kommando erheben sich alle. Bis auf Samuel und Ben gehen alle auf die Zimmer zum Packen.

Die Freunde haben auf dem Anwesen alles für die Pferde gefunden. Sogar Vorräte waren im Wohnbereich noch vorhanden. So entschlossen sie sich, noch ein Pferd mehr mitzunehmen. Dieses soll die Vorräte tragen. Das achte Pferd lassen sie hinter dem Anwesen angebunden. So wird es nicht so leicht von der Hauptstraße gesehen. Nachdem beide alles zusammengepackt haben gehen sie unauffällig zum Hotel zurück. Unbemerkt und leise verschwinden sie in ihren Zimmern. Eine kurze Nacht steht ihnen bevor.
Am nächsten Morgen sind alle Sieben schon sehr früh auf den Beinen. Kate war nirgends zu entdecken. Noch vor Sonnenaufgang gingen sie zum Anwesen und machten die Pferde startklar. Nachdem auch das Packpferd beladen war, zieht die Truppe leise aus der Stadt. Sie verlassen die kleine Stadt in südwestlicher

Richtung. Ohne Probleme. Aber in einem hügeligen Wald stoppen sie.

Laura steht am Waldrand und beobachtet Greenriver. Sie traut ihren Augen nicht. Sie werden nicht verfolgt. Ganz im Gegenteil, die Stadt wirkt wie ausgestorben. Hiro sitzt zur gleichen Zeit mit Edmund vor der Karte. Beide tüfteln am besten Weg herum. Mit den Pferden werden sie schneller vorwärts kommen. „Mir kamen die Einwohner wie beeinflusst vor. Warum sind wir noch normal? Und die Frage aller Fragen… was geschieht auf der Welt?" Tanaka sitzt mit Samuel zusammen. Dieser schaut ihn an. „Wir befinden uns in einem Krieg, den wir nur Ansatzweise verstehen. Scheinbar wird die Erde eingenommen, ohne dass wir bisher auch nur einen feindlichen Soldaten gesehen haben. Dafür tauchen schlagartig diese Quader auf. Und ich glaube, dass sie ein Schlüssel zu den Ereignissen sind." Beide erheben sich, denn die anderen sind schon bei den Pferden. Innerhalb des Waldes war das blaue Tageslicht nicht so intensiv. Aber die schwarze Sonne hüllt die Landschaft in gespenstische Schattenspiele.

Sie reiten nun schon Stunden abseits von großen Straßen in südwestlicher Richtung, ohne auch nur einer Menschenseele zu begegnen. Eine Explosion durchdringt schlagartig die Ruhe des Nachmittags. Nichts ist zu sehen. „Was war das zum Teufel?" Ben ist mit diesen Worten vom Pferd gesprungen. Laura beobachtet gleichzeitig die Gegend mit ihrem Feldstecher. Juan und Edmund liegen mit den Gewehren im Anschlag im Gras. Plötzlich noch eine Explosion. Irgendwo vor ihnen war irgendwas im Gange. Nur was? Die Gruppe zieht sich an den Rand eines kleinen Waldes zurück. Dort beziehen sie Stellung. In der Ferne hört man Hufgetrappel. Und dann eine dritte Explosion. Emma schaut sich irritiert um. „Das hört sich danach an, als würde da ein Kampf stattfinden. Hört ihr auch die Schüsse? So ganz leise… “ Ben horchte. Ja es waren auch Schüsse zu hören. Mittlerweile standen alle Sieben mit den Gewehren schussbereit am Waldrand. Plötzlich erscheint im gestreckten Galopp eine Gruppe Reiter aus dem abseits liegenden Maisfeld. Wovor sie flüchten, können die Freunde nicht sehen. Aber was sie sehen... die Reiter kommen genau aus dem Wäldchen auf sie zu. Juan hat sich hingeworfen und hat Visier genommen. Laura beobachtet den Rand des Feldes. Ben ist es unbehaglich zumute. Die Fremden preschen auf sie zu. Alle in Uniform. Militär und Polizei. Und auch schwer bewaffnet. Laura zählt über 60 Reiter. Und schon sind die ersten Reiter da. Total erstaunt stoppen sie ihre Pferde. Der vorderste Fremde steht direkt vor Ben. Tanaka und Samuel stehen mit den Gewehren im Anschlag hinter ihm. Keiner sagt ein Wort. Aber sehr schnell sind viele der Reitergruppe im Wald. Ben signalisiert seinen Freunden die Waffen zu senken. Das Gesicht des Fremden ihm gegenüber entspannt sich. Die Freunde werden misstrauisch gemustert. „Wer seid ihr?“ Edmund wusste nun, wie auch Ben, wer das Sagen

hatt. Jenkins schaut sich kurz um. „Die gleiche Frage
können wir auch stellen, Mister. Mein Name ist Ben
Jenkins. Ehemals Major der Air Force. Wir sind eine
Gruppe von Soldaten und Wissenschaftler." „Mister...
wir haben die vergangenen Tage sehr viele Geschichten
gehört. Und dann stellte sich heraus, dass es oftmals
Puppen waren." Hiro schaute ihn ungläubig an. „Was
bitte sind Puppen?" „Wir nennen die Beeinflussten so.
Menschen, die sich sehr seltsam, abwesend und wortkarg
benehmen." Wie in Greenriver. Laura denkt daran
zurück „Wir hatten das zweifelhafte Vergnügen in
Greenriver. Es war unser erstes Zusammentreffen mit
den… ähhh… Puppen. Auch der Rest der Freunde redet
nun durcheinander. Die ersten Waffen senken sich. „Für
Fremde redet ihr aber viel. Untypisch für Puppen. Mein
Name ist Murray. General Murray, US
Marines." Schlagartig endet die bedrohliche Situation.
Die ersten Reiter sitzen ab. „Wir sind eine Gruppe von
Soldaten und Polizisten. Und definitiv keine
Puppen." Gelächter brandet auf. Samuel zündet sich eine
Zigarette an. „Was waren das für Explosionen? Waren
nicht zu überhören." Wir können als so etwas, wie eine
Widerstandsgruppe gesehen werden. Wir kommen aus
dem Osten und versuchen nun mit Minen die
blaustrahlenden Objekte außer Gefecht zu setzen. Also
wir versuchen sie zu sprengen. Immer mehr von diesem
Teufelszeug taucht auf." „Wir haben auch schon genug
von den Dingern gesehen. Nur haben wir festgestellt, dass

sie von einer Art Schutzschirm umgeben sind. Wie also könnt ihr die Quader, so nennen wir sie, in die Luft jagen?" Juan schaute Murray fragend an. „Durch Zufall tauchte so eine Ding aus heiterem Himmel bei uns auf. Genau auf einer Felskante. Wir hatten bis dahin auch kein Mittel dagegen gesehen. Nun ja… es stand auf der Felskante. Und dann sahen wir wie ein Luchs einfach drunter herlief. Wir schauten uns die Sache vorsichtig an, also unsere Pioniere, die wir zum Glück in unseren Reihen haben. Und siehe da… der Schutzschirm hat eine Schwachstelle. Er ist nur oberirdische. Nun graben wir einen kleinen Tunnel unter die Teufelsdinger, Mine oder Sprengladung darunter… und Tschüss. Seitdem ziehen wir durch das Land und sprengen so viel wie wir können. Dabei haben wir schon öfter Ärger mit den Puppen bekommen. Diese scheinen die Quader zu verteidigen." Ben und Laura haben interessiert zugehört. „Das ergibt Sinn. In Greenriver haben wir einen dieser Quader auf einem Transporter stehen sehen. Ohne Schutzschirm. Daraufhin haben wir schnell den Rückzug eingeläutet. Die Menschen waren seltsam. Wir wussten nicht, was los war. Deshalb kratzten wir schnell die Kurve." „Wir kommen aus dem Osten. Alle soweit aus einer Stadt. Die meisten Leute sind Soldaten oder Polizisten." Edmund erzählte von NORAD. „Wir kommen von NORAD. Da kam der Zusammenbruch innerhalb kürzester Zeit. Mit dem Ende des Stroms musste die Anlage schnellstens geräumt werden. Leider

kamen dabei der Präsident und einige
Regierungsmitglieder, als auch der russische
Verteidigungsminister, um." Ein Raunen ging um. Ein
weiterer Widerstandskämpfer erzählt von ihren Ort.
„Ich war Polizist in Wichita. Daher kommen auch die
meisten Leute von uns. Nach der Katastrophe war unser
Army-Camp der Anlaufpunkt. Nachdem wir durch
Zufall entdeckt hatten, wie man die Quader zerstören
kann, hat sich unsere Gruppe mit dem selbstgestellten
Auftrag aufgemacht. Und dabei entdeckten wir auch die
Puppen. Nur haben wir bisher nicht raus finden können,
was mit denen passiert ist. Genauso wenig die Frage nach
dem WARUM?" So entstand eine freundliche und
höchst interessante Diskussion. Hawkins erwähnt die
Entdeckung mit den Terahertzstrahlen. „Kurz vor dem
schwarzen Tag haben wir noch herausgefunden, dass
diese Strahlung die Mauer durchdringen kann. Leider
kamen wir nicht weiter mit der Forschung. Ich sehe
darin aber einen theoretischen Ansatzpunkt. Ich halte
diese Strahlung für den ersten Baustein zur Bekämpfung
der Katastrophe."
Irgendjemand hat zwischenzeitlich ein Feuer gemacht.
Der Duft von frischen Kaffee zog durch die Luft. Die
schwarze Sonne neigt sich dem Horizont zu. Ben sitzt mit
Edmund und Gen Murray ein wenig im Abseits. „Wir
sind im Umkreis um unserer Heimat unterwegs und
versuchen jeden Quader, den wir finden, zu zerstören.
Dabei haben wir schon mehrere Gefechte mit den

Puppen gehabt. Offensichtlich verteidigen sie diese Teufelsdinger." „Wir wollen versuchen nach Nellis Air Base zu kommen. Dort hoffen wir auf ein paar Antworten. Wenn überhaupt, sind wir der Überzeugung, dass es diese in der sogenannten Area 51 gibt." Der General schaut die Beiden erstaunt an. „Ich wünsche euch, dass ihr den Weg nicht umsonst macht. Und, dass er nicht ins Verderben führt. Es ist sehr gefährlich geworden durch das Land zu reisen. Ich kann nur raten ... VERTRAUT NIEMAND!" Alle drei haben ein Becher Kaffee in den Händen. Andere sitzen zusammen und essen. Man hört auch zwischendurch Gelächter. ‚Ein wenig Normalität in dieser schwarzen Zeit', Juan schaut in den Himmel. Totales Dunkel…
So langsam kehrt Ruhe ein. Die meisten schlafen. Es ist eine ruhige Nacht für Alle.

Schon früh wabert Kaffeeduft durch das Wäldchen. Man sitzt zusammen und frühstückt. Laura redet dabei mit der einzigen Frau aus der Truppe von Murray. „Als Nationalgardistin bin ich es gewohnt im Feld zu leben. Aber es macht doch zu schaffen, wenn man sieht, wie schnell die gewohnte Welt zusammenbricht. Und als der General Leute suchte, war für mich klar, dass ich dabei bin." Laura erzählt von ihrem Flug. Ihrer überstürzten Flucht von der ISS. Und wie sie dann zum Areal kam. „Ich kann es noch nicht glauben, dass es erst so kurz her ist. Mir kommt das alles wie eine Ewigkeit vor." Murray ruft seine Leute zusammen. Zeit für den Aufbruch. Drei Männer bringen noch ein paar Vorräte. Hawkins verpackt sie gleich auf dem Packpferd. Nach freundlichen „Bye Bye" und „Gute Reise" reiten die Widerstandskämpfer fort. Zurück bleiben die sieben Freunde. Auch bei ihnen steht der Aufbruch bevor. Das Feuer ist gelöscht, sie sitzen auf und reiten in Richtung Südwesten. Die schwarze Sonne steigt immer höher. Und blau schimmert der Tag.

Auf ihrem Weg meiden die sieben Freunde bewohnte Gebiete und Ortschaften so weit als möglich. Sehr selten sehen sie Menschen. Dafür aber immer wieder Haustiere und Weidetiere, die herrenlos herumlaufen. Der heutige Tag ist besonders schlimm. Es schüttet wie aus Kübeln. Dafür haben sie die Nellis Air Base erreicht. Der Zaun ist schon von weitem zu erkennen. Alles sieht vertraut und normal aus. Sogar Wachen am Tor. Nur die angebundenen Pferde passen nicht in das Bild. Ben hat das Tor nun schon seit ca. fünfzehn Minuten im Feldstecher. Die Wachen unterhalten sich und lachen auch. Nach Puppen sehen sie absolut nicht aus. Es herrscht kein Verkehr. Nicht ein Mensch ist in dieser Zeit gekommen oder gegangen. Die anderen sitzen zusammen und beraten. „Wenn ich mit allem gerechnet hätte. Aber bestimmt nicht mit einem Tor und einem Wachposten." Juan ist irritiert. „Und noch wissen wir nicht, ob es normale Menschen sind oder Puppen." Plötzlich hören sie Pferde. Ben kann es nicht glauben. „Leute... da reitet eine Patrouille in voller Uniform am Zaun entlang. Beide reden ganz erregt miteinander." All das passt nicht zum Bild der Puppen. Soweit es aussieht hat man normale Menschen vor sich. Emma hat ein wenig Angst. Samuel raucht. „Vielleicht sollten wir an anderer Stelle in das Gelände vordringen?" Sofort wird dieser Vorschlag von dem Rest abgelehnt. „Zu gefährlich. Wir wissen nicht, ob man am Tor so etwas wie einen Ausweis bekommt. Falls ja, und wir werden ohne erwischt? Könnte übel ausgehen. Ich sehe keinen anderen, als den legalen Weg. Langsam nähern sich die Freunde dem Tor. Schon von weiten sehen sie das Misstrauen der Wachen. Nun kommen zu den zwei Torposten drei weitere Soldaten aus dem Wachgebäude. Alle bewaffnet. Die Freunde bleiben stehen und sitzen ab. Ben läuft langsam die Straße in Richtung Tor. Kurz davor ruft ein Soldat ihm zu, dass er stoppen soll. Ben bleibt stehen. Zwei Wachen kommen zu ihm. „Sie sind auf militärischem Sperrgebiet." Ben kramt in seiner Tasche. Dann zieht er seinen Militärausweis raus. Dabei auch das Schreiben vom Colonel. „Mein Name ist Major Ben Jenkins. Ich war Leiter der Abteilung 5 im ehemaligen NORAD. Ich möchte gern ihren Vorgesetzten sprechen." Die beiden Soldaten schauen sich die Papiere und Jenkins an. Es ist ersichtlich, dass sie nicht wissen, was sie machen sollen.

„Moment, Sir." Einer geht zurück und unterhält sich mit einem anderen der Wache. Nach einem kurzen Wortwechsel kommen beide zurück. Der dritte Wachmann stellt sich vor. „Sergeant Hellmann. Darf ich mal ihre Papiere sehen?" Sagt er und studiert sie." „Wer bitte sind ihre Begleiter?" Ben erklärt die Sachlage. Mehrere Minuten steht der Rest der Freunde im Abseits. Dann winkt Ben ihnen zu. Sie dürfen zum Tor vorkommen. Auch sie werden kontrolliert. Hellmann bittet sie rein. „Sie müssen erstmal hier warten. Ich schicke einen Mann zum Stabsgebäude. Das wird so zwei Stunden dauern. Leider ist Telefon und Funk ausgefallen. Aber das werden sie bestimmt wissen." Gleich wird die Gruppe in einen Raum geführt. Spärlich eingerichtet. Aber ein Wasserspender. Die Zeit verrinnt nur langsam. Nach Mittag kommt der Reiter zurück. Im Raum hören die Sieben, dass sie am Stabsgebäude erwartet werden. Die Tür geht auf und einer der Wachen bittet sie heraus. „Meine Damen und Herren. Ich werde sie nun zum Befehlshaber dieser Anlage bringen. Würden sie mir bitte folgen. Draußen stehen schon die Pferde bereit. Der Weg über die Airbase zieht sich. Immer wieder tauchen Wracks auf. Flugzeuge und Hubschrauber, die vom totalen Energieausfall erwischt wurden. Des Weiteren stehen überall Fahrzeuge herum. Auch hier das Chaos . Unterwegs unterhält sich Samuel und Hiro mit dem Wachsoldaten. „Wie kommt es, dass hier noch so etwas wie militärische Ordnung herrscht?" „ Das hat sich auch geändert. Viele sind nach der Katastrophe desertiert. Wir, die noch hier sind, gehören zum harten Kern. Alles Langgediente. Obwohl der größte Teil auch nicht von hier. Erst hofften wir, dass sich das mit dem Stromausfall wieder legt. Aber nun machen wir Dienst wie zur Zeit des Bürgerkrieges. Gut, dass wir in der Nähe Pferde auftreiben konnten. So sind wir relativ mobil." In der Ferne tauchen Gebäude auf. Hangars, Bürogebäude und ein Tower. Auf den Tower steuern sie genau zu. Dann erkennt man Soldaten die Streife laufen. Die schwarze Sonne steht über dem Tower. Ein Bild, was den Freunden die Gänsehaut über den Rücken laufen lässt. Ben schaut sich immer wieder um. Er hat bisher unterwegs ein paar Stellen gesehen, wo es wie nach Explosionen aussieht. Nur eines hat er nicht gesehen: Keinen einzigen Quader. Das gibt ihm zu denken. „Was sind da alles für Stellen, die nach Explosionen aussehen?" Der Soldat schaut sich erschreckt um. „Kein Kommentar. Alles Weitere besprechen sie bitte mit Mister York." Mit dem letzten Wort zeigt er auf den Eingang im Tower. Zeitgleich erscheinen zwei andere Soldaten und nehmen die Gruppe in Empfang. Einer von beiden nimmt die Pferde. Der andere führt die Freunde in den Tower. Es geht hoch bis in den ehemaligen Kontrollraum. Mehrere hochrangige Soldaten und einige Zivilisten erwarten sie bereits. Ein älterer Herr kommt auf sie zu und begrüßt sie. "Herzlich willkommen auf der Nellis Air Base. Mein Name ist York." Ben begrüßt York per Handschlag. Er bemerkt ganz schnell, dass York das Sagen hatt. Er schätzt sofort... CIA oder NSA. Die Militärs nicken mit einem kurzen Gruß. „ Bevor wir beginnen, stell' ich ihnen Dr. Roman vor. Leider müssen sie kurz einer Untersuchung unterziehen lassen. Nach der Katastrophe tauchten ein paar Tage später seltsame Menschen auf. Erst wussten wir nicht wie wir Sie aufnehmen sollten, da sie uns sehr merkwürdig vorkamen. Nachher haben wir bemerkt, dass sie irgendwie beeinflusst waren. Wir, bzw. unser Ärzteteam, unter Leitung von Dr. Roman, haben dann eine Methode entwickelt, um die Befluss zu erkennen. Befluss nennen wir sie… Abkürzung von Beeinflusste.“ Der Arzt zündete eine Lampe an und drehte sie so hell als möglich. Danach musste jeder der Sieben vortreten. Der Doc ging mit der Lampe nah an die Augen ran. Dabei erklärte er, wenn sich die Pupillen nicht verkleinerten, war das ein sicheres Zeichen darauf, dass die Person beeinflusst sei. Außerdem waren die Augen fast schwarz. Ohne ein Problem bestand jeder den Test. Danach mussten die Freunde berichten. Edmund erzählt von ihrer Reise. Von dem Farmer, dem Ort Greenriver und die Begegnung mit der Reitergruppe aus Wichita. Ben berichtet danach, zusammen mit Hawkins, von den letzten Tagen in NORAD. Seine Arbeit in der Abteilung 5. Professor Highman über die gescheiterte Mission **AUFKLÄRUNG**. Die Aufgabe der ISS und zu guter Letzt die Evakuierung von NORAD. „Nach der Evakuierung hat sich, so wie hier, ein Teil der Truppe

außerhalb im sogenannten Areal eingerichtet. Kurz
darauf sind wir Sieben als Gruppe losgezogen. Unsere
Überlegung war es, wenn es noch irgendwo Forschung
gibt, dann hier… in der geheimen Area 51.“ Allein die
Erwähnung des Namens irritierte York und seine Männer.
York übergibt das Wort an einen Colonel. Dieser
berichtet vom Energieausfall. Das blaue Tageslicht,
welches schnell immer stärker wurde. Dass zu dem
Zeitpunkt zum Glück nur wenige Maschinen in der Luft
waren. Die sind dabei leider abgestürzt. Mit Verlusten.
Danach kam das sehr schnelle Zersetzen der Truppe. Die
übrig Gebliebenen richteten sich den Umständen
entsprechend ein. Sie sehen sich noch als ein Camp der
US Streitkräfte. Deshalb auch überall die US Flaggen.
Juan spricht das Thema Quader an. Ein Major tritt vor
und erklärt: „Wir hatten hier auch plötzlich, wie aus dem
Nichts, blaustrahlende Quader hier. Unsere Versuche, sie
zu untersuchen schlugen fehl. Auch die Zerstörung war
erst nicht möglich. Durch Zufall entdeckten wir, dass ein
LKW mit Sprengstoff genau neben einem auftauchenden
Quader stand. Der Lastwagen explodierte. Durch diese
Wucht wurde der Quader zerstört. Nach ein paar
Versuchen haben wir herausgefunden, dass eine
bestimmte Menge Sprengstoff den blauen Strahlschirm
durchschlägt und damit den Quader zerstört. Dieses
haben wir dann mit allen uns bekannten Quadern
gemacht. Danach tauchten auch keine Befluss mehr auf.
Wir denken, dass beide Phänomene miteinander in enger

Verbindung stehen. Seitdem forschen viele Menschen an den Phänomenen." Jenkins und Hiro schauten ihn an. „Wir würden gern diese Forscher kennenlernen. Auch wir haben noch ein paar Fakten die noch herausgefunden wurden. Vielleicht kann das verschiedene Wissen beiden Seiten helfen." So diskutierten sie noch eine Weile. York war schon länger verschwunden.
In der Zwischenzeit wurden Quartiere für die Freunde hergerichtet. Jeder bekommt ein karg eingerichtetes Kasernenzimmer. Die Frauen machen sich an den Kanistern mit Wasser frisch. Samuel steht am offenen Fenster und raucht nachdenklich eine Zigarette. ‚Ob hier schon etwas von den Terahertzstrahlungen bekannt ist? Und... vielleicht kann man damit die blauen Schirme der Quader beeinflussen. Ich bin sehr neugierig auf die Forscher und Experten in der Area. Sie hörten eine Trompete. Samuel sieht das viele GIs zu einem großen Gebäude gehen. Die Tür geht auf... Juan steht im Rahmen und macht eine unverwechselbare Geste. Mit Daumen und Zeigefinger zum Mund. ‚Klasse', denkt Hawkins beim Herausgehen, ‚Es gibt Abendbrot.' Während des Essens tauchen immer mehr Zivilisten auf, die sich aber Abseits halten. Dieses fällt allen sofort auf. Es ist, als wäre eine unsichtbare Wand zwischen den Soldaten und den Zivilisten. Nur York sitzt bei denen. Ruskow spricht einen Major am Tisch darauf an. „Das sind welche aus der Area. Wachen und auch Forscher. Die geben sich in den meisten Fällen nicht mit

uns ab. Die kommen auch erst seit dem globalen Ereignis hierher zum Essen. Sie haben ja die direkte Bahnlinie bis zum Hangar 3." „Wie? Direkte Bahnlinie?" Samuel hatte die Augen aufgerissen. „Ich denke fast jedes technische Gerät versagt." Da erfahren die erstaunten Freunde, dass es ein paar Draisinen gibt, mit denen man bis zur Anlage fahren kann. Noch während des Nachdenkens steht York mit einem älteren Man am Tisch. „Darf ich ihnen Professor Walter vorstellen. Leiter der Forschungsabteilung G in der Area 51." Samuel schaute auf. ‚Nun wird es interessant', denkt er. Walter stellt sich jedem vor. Dabei erfahren sie, dass er Professor der Kernphysik und der Energiephysik ist.

Bei dem intensiven Gespräch erfahren die erstaunten Freunde, dass es in der Area noch Energie gibt. Einige der Sicherheitslabore scheinen die blaue Strahlung abzuschirmen. Noch weiß keiner genau warum. Ben Jenkins und Edmund Ruskov hören fasziniert zu. Da mischt sich Tanaka Hiro ein. „Was wissen sie über Terahertzstrahlung?" Prof Walter runzelte die Stirn. „Welchen Ansatz bietet das zu den Problemen?" Sofort waren Samuel und Jenkins in einer erregten Diskussion mit dem Professor vertieft. Sie erklärten dem verblüfften Physiker ihre bisherigen Erkenntnisse. Zur gleichen Zeit unterhielt sich Ruskow mit York. „Während unseres Landeanflugs habe ich kurzzeitig ein blaues, wabernes Leuchten im Süden gesehen. Ich habe mir darüber in letzter Zeit schon oft Gedanken gemacht. Immer wieder kam ich zum gleichen Ergebnis. Das schwarze Dreieck muss hier in der Nähe niedergegangen sein." York hört interessiert zu. Er erwähnt, dass am Tag des totalen Energieausfalls, mehrere Soldaten ein leichtes, blaues Leuchten hinter den Bergen im Norden gemeldet hatten. Diese Meldung war dann aber im Chaos der nächsten Tage untergegangen. „Was ist im Norden hinter den Bergen?" Ruskow wurde neugierig. „Eigentlich nur Wüste" York war nachdenklich. „Vielleicht sollten wir einen Spähtrupp in die Richtung schicken. Damit wir wissen was da eigentlich vor sich geht." Edmund schaute nur. Er hielt das für einen guten Vorschlag. „Aber meiner Meinung nach nur rein zum Beobachten." Schnell vertieft sich ein Gespräch an dem nun auch mehrere Offiziere und Juan teilnehmen. Nach einer langen Diskussion steht fest, dass Juan und Laura, beide sind mittlerweile an der Diskussion beteiligt, an dem Unternehmen führend teilnehmen. Ihre Ausbildung als Seal schreit förmlich danach. Ruskow behaart aber darauf, dass Laura Danostra das Kommando bekommt. Schnell einigt man sich darauf.

Prof Walter ist über alles informiert worden. Er hat sich eine Menge Notizen gemacht. Besonders interessant und aufschlussreich sah er die Zyklen in der Mauer. Es sieht danach aus, dass die rote Mauer und die blaue Strahlung in enger Verbindung stehen. So seine Theorie. Jenkins, Hawkins und Hiro sitzen bis zum Feierabend diskutierend mit dem Professor in der Kantine.

Zwischenzeitlich sind auch Kollegen von Walter hinzu gestoßen. Nach einem letzten Getränk verabschieden sich die Wissenschaftler und kehren in die Area zurück. Für den morgigen Tag werden alle bis auf Laura und Juan in den Laboren erwartet.

Noch am Abend empfangen Laura und Juan eine neue Ausrüstung. Auch der begleitende Trupp ist zur Stelle im Magazin. Zusammen sind es fünf Personen. Außer den beiden Seals sind es drei Air Force Soldaten. Darunter auch Sergeant Freddy Hellmann, bekannt von der Wache am Tor.

Der Colonel übernimmt die Befehlsausgabe persönlich. Bis dahin haben die fünf Leute noch sechs Stunden zum Schlafen.

Das Frühstück ist reichhaltig. Sgt Maj Danostra sitzt mit ihrem Team am Tisch. Mit Hellmann beredet sie den Auftrag. Juan trinkt einen Kaffee und mustert die beiden anderen GIs. ‚Ich hoffe, wir können uns auf die Jungs verlassen.' Durch die Tür kommen York und der Colonel. Mit einer Tasse Kaffee in der Hand setzten sich beide zum Team. Nach der allgemeinen Begrüßung kommt der Colonel schnell zum Kern der Sache. „Guten Morgen, meine Damen und Herren. Kommen wir sofort zum Auftrag. Sie haben eine Aufklärungsmission. Jeglicher direkte Kontakt hat zu unterbleiben. Sie lokalisieren das Objekt und beobachten es." York schwieg die ganze Zeit. Er wirkt aber sehr nachdenklich. Er folgte den

Ausführungen des Colonels. Laura macht sich immer wieder kleine Notizen. Nach einer guten halben Stunde war die Einsatzbesprechung beendet. York ergreift nun kurz das Wort. „Ich hoffe, ihnen allen ist klar, wie wichtig ihre Mission ist. Viel kann von den Beobachtungen abhängen. Ich wünsche ihnen gutes Gelingen. Und kommen sie gesund und ohne Verluste wieder." York erhob sich und geht. Der Colonel drückt noch jedem die Hand und wendet sich der Tür zu. Nachdenklich dreht er sich noch einmal um. „Abmarsch ist in 30 Minuten. Ihre Pferde stehen fertig am Hangar 3." Kein Wort ist von den Fünf zu hören.

Nach dem guten Frühstück sind Jenkins und seine Kollegen mit einer Draisine unterwegs zur Area. Nach einer längeren Fahrt durch die karge wüstenähnliche Landschaft, kommen sie endlich an einem verlassenen Wachposten vorbei. „Hier beginnt nun der geheime Teil. Willkommen in der Area 51." Der Fahrer ist ein lustiger Mensch. Die Fünf sehen sich um. Nur Wüste... soweit das Auge reicht. Nach kurzer Zeit taucht ein Tal vor ihnen auf. Darin sieht man Gebäude, Hangars und Landebahnen. Fasziniert schaut Samuel. Hiro stößt einen erstaunten Seufzer aus: „Area 51... wer hätte gedacht, dass ich hier mal sein würde. Die Basis, die offiziell nicht existiert." Beim Annähern sehen alle auch hier nur Chaos. Fahrzeuge stehen herum. Flugzeuge auch. Und es gibt auch hier mehrere Wracks. Trotz Allem ist auf dem Areal reges Treiben zu beobachten. Plötzlich werden sie angehalten. Bewaffnete Posten stehen auf dem Gleis. Nach kurzer Kontrolle können sie ihren Weg fortsetzen. Vor einem Bürogebäude endet die Bahn. Die weit über zweistündige Fahrt ist beendet. Prof Walter kommt in Begleitung mehrerer Kittelträger aus dem Gebäude. Es wirkt wie in einem billigen SF Film. Die langen grauen Haare des Professors bewegen sich im Wind. Seine runde Brille sitzt ganz vorn auf der Nasenspitze. Nach kurzer Begrüßung werden alle in ein unscheinbares Gebäude am Berghang, ein wenig Abseits gelegen, gebeten. „Willkommen in unserem Heiligtum." Walter breitet seine Arme aus. Zu sehen ist ein langer Gang mit vielen Türen. „Das ist zurzeit unser wichtigstes Forschungsgebäude." Alles ist penibel sauber. Nur die Benzinlampen an den Wänden passen so überhaupt nicht dazu. Immer wieder öffnen sich Türen, und Personen bewegen sich in alle Richtungen. Die fünf Freunde sind von dem Treiben überrascht. Prof Walter geht zielstrebig auf eine große Tür zu. Zwei Wachen in schwarzer Kleidung stehen davor. Durch Handkurbeln öffnen diese die Türen. Eine riesige Halle kommt dahinter zum Vorschein.

Der Spähtrupp ist unterwegs. Durch unwegsames Gelände kommen sie nur langsam vorwärts. Der Aufstieg ist für die Pferde nicht ganz so einfach. Nun haben sie den letzten Kamm vor sich. Dahinter ist… Wüste.

Hunderte Kilometer weit. Sie bemerken das blaue Leuchten wird intensiver. Und ein seltsames Summen hängt in der Luft. Die Pferde werden im schattigen Tal zurückgelassen. Zwei GIs bleiben bei ihnen. Nur Laura, in Begleitung von Juan und Freddy Hellmann, nähern sich langsam der Kammspitze. Die letzten Meter kriechen sie ganz vorsichtig vorwärts. Und dann sind sie überwältigt. Vor ihnen unten auf dem Wüstenboden steht das schwarze Dreieck. Umgeben von einem intensiven blauen Schimmern. Was sie aber total erschreckt, sind die Bewegungen unter dem Schiff. Eine Luke ist offen. Laura hat ihren Feldstecher fest vor den Augen. Juan und Freddy sichern die Umgebung. Auch die Wachen bei den Pferden sichern ihren Platz. Laura murmelt leise vor sich hin: „Das gibt es nicht. Von hier aus sehen sie wie Menschen aus. Irgendwas entladen sie aus dem Schiff." Juan liegt neben ihr. Er ist blass im Gesicht. „Was machen die da?" Laura beobachtet weiterhin das Treiben da unten. Auf einmal ruft Freddy ganz überrascht. „Ein Fahrzeug! Und es kommt in unsere Richtung. Als hätte man uns schon entdeckt. Laura wird unruhig. ‚Gar nicht gut. Verdammt. Sind wir schon aufgeflogen?' Doch in diesem Augenblick stoppt das Gefährt. Zwei Wesen kommen heraus und laden etwas aus. Freddy notiert fleißig was sie beobachten. Die Fremden sehen wie Astronauten aus. Nur kleiner und stämmiger als ein Mensch. Blau leuchten ihre Anzüge im gelbbraunen Wüstensand. Zwischenzeitlich haben die

Fremden ihre Arbeit erledigt. Ein Brummen durchdringt das Summen. Und mit einem Schlag fährt ein violetter Strahl in den Himmel. Gleichzeitig ist ein weiterer violetter Strahl von dem Gerät zum Schiff entstanden. Das Brummen lässt sofort nach. Fasziniert schauen die Drei zu. „Die richten sich hier häuslich ein. Das könnte mit ein wenig Fantasie eine Basis nach einer Landeoperation sein." Laura stimmt Juan zu. Freddy Hellmann zeichnet so gut er kann das Geschehen auf einem Block ein. Die schwarze Sonne steht im Zenit. Die Luft ist unheimlich heiß. Der Schweiß läuft in Strömen.

…

Samuel staunt nur noch. Diese Forschungshalle beinhaltet alles, was das Herz begehrt. Im Hintergrund hört man Aggregate laufen. „Hier unten können wir Energie erzeugen. Wir nehmen an, dass der Berg viel eisenhaltiges und magnetisches Gestein hat. Dadurch sind sie wohl abgeschirmt. Wie auch immer. Wichtig ist, dass wir hier Strom haben.

…

Zurück zur Basis…
Zusammen gehen sie in ein Büro. Walter bietet den Fünf einen Platz an und setzt sich selber. Kurz darauf kommen noch zwei Wissenschaftler hinzu. Sofort ist

Walter beim Thema. „So, nun berichten sie von ihren Entdeckungen. Da ich den Kollegen Highman gut kenne und sehr schätze, freut es mich außerordentlich seinen Assistenten bei uns zu haben. Samuel überlegt kurz „Wir hatten ja nicht viel Zeit. Aber in dieser kurzen Zeit hat der Prof entdeckt, dass die rote Mauer keine feste Energiewand ist. Sie schwingt zyklisch in einem 3 Sekundentakt. Eine Sekunde hatten wir starke Energiestöße. Und drei Sekunden waren fast nicht mehr messbar. So lief es die ganze Zeit. Was Prof Highman aber für noch wichtiger hielt, war, dass jegliche Strahlung an der Mauer zurückgeworfen wurde. Nur Strahlung auf Terahertzbasis durchdrang die Mauer problemlos. Das wissen wir, weil wir auch Strahlung in diesen Frequenzen von außerhalb gemessen haben. Leider konnten wir nichts weiter fortführen, weil Strom und Energie ja schlagartig ausfielen.“ Walters Begleiter haben sich Notizen gemacht. Der Professor, samt Begleiter, sprechen noch weiter mit Samuel und Hiro. Danach begleiteten Jenkins und Ruskow die anderen beiden Forscher zu ihren Plätzen. Auch dort war man auf ein paar Ergebnisse gekommen. So weiß man, dass dieses blaue Licht am Tag wie durch ein Filter entsteht. Kurz gesagt, es wird alles, bis auf das blaue Lichtspektrum ausgefiltert. Zweitens scheint die Sonne durch die rote Mauer die schwarze Farbgebung zu bekommen. Alle Messungen deuten darauf hin, dass die Sonne außerhalb der Mauer normal zu sein scheint. Einer der

Wissenschaftler erklärt dann: „Wir haben abgeschirmte Messgeräte, die auch im Freien bis zu fünfzehn Minuten funktionieren. Danach sind die Batterien erschöpft. Sogar wenn wir die Batterien hier im Labor haben und Leitungen nach draußen legen. Wir sind uns sicher, dass die Energie von dem blauen Leuchten entzogen wird. Aber die Batterien bleiben geladen, solang sie keine Energie abgeben. Aber nur die Batterien die innerhalb des Labors sind, funktionieren, Alle außerhalb des Labortrakts sind tot.“ Hiro saß am Tisch und notierte kräftig mit. „Habt ihr Terahertzsender hier?“ Seine Frage wurde mit einem JA beantwortet. Wir haben daran gearbeitet solche Sender für Flugzeuge zu entwickeln. Wir machten große Fortschritte damit um jegliche Stealthtechnologie zu neutralisieren.“ Ruskow wurde hellhörig. Er dachte daran, dass man das schwarze Dreieck mit Radar nicht orten konnte. Vielleicht ist diese Terahertzstrahlung deren Schwachpunkt. Wer immer sie auch sind. „Wie groß sind die Sender?“ In Edmunds Kopf rattert es. Zu seinem Erstaunen erklärte man ihm, dass diese Sender nicht größer als ein Schuhkarton seien. Inklusive Energiequelle. Er schaute zu Ben und Hiro. Eine verrückte Idee kam immer mehr in seinen Kopf auf.

...

Laura ist mit ihren Begleitern zurück ins Tal. Im Schatten einer Felswand wird gemeinsam eine kleine Mahlzeit zu sich genommen. Juan möchte danach sofort wieder auf Beobachtungsposten. In Begleitung von Freddy Hellmann bewegt er sich zwanzig Minuten später langsam zum Kamm. Von da haben beide wieder einen fantastischen Blick über die weite Ebene. Am fremden Objekt ist augenscheinlich bisher nichts Neues geschehen. Die Blauen, so hatte Laura die Fremden getauft, arbeiten an undefinierbaren Geräten. Freddy nimmt eine Bewegung neben sich wahr. „Und... was Neues?" Laura liegt auch wieder neben ihnen. „Alles wie bisher" Juan hat das Fernglas nicht eine Sekunde von den Augen genommen. „Moment... ein Blauer wandert allein den Kamm hoch. Er hat ein Gerät bei sich. Ich hätte da eine Idee. Wäre nicht ganz so befehlskonform." Laura überlegt angestrengt. Sie kennt Juan gut. Im Einsatz war er immer hundertprozentig bei der Sache. Aber das jetzt? Einen Fremden gefangen nehmen… dieses Risiko wäre mehr als hoch. Auf der anderen Seite könnte man vielleicht in der Area Informationen aus dem Fremden bekommen. Aber es ist nun einmal gegen den ausdrücklichen Befehl. In der Zwischenzeit kommt der Blaue immer näher. ‚Es wird Zeit für eine Entscheidung' Laura wird immer nervöser. Freddy hat mitgedacht und hat den Wachen bei den Pferden signalisiert außer Sichtweite in Deckung zu gehen. Laura schaut sich kurz um. Das kleine Tal ist leer. Und der Blaue nähert sich zielstrebig den Dreien.

„Gibt es noch einen nicht zerstörten Quader in der Umgebung?" Edmund schaut in erstaunte Gesichter. „Ich habe da eine verrückte Idee. Dafür brauche ich einen funktionsfähigen Quader." Walter schaute ihn an, als wenn er Edmund für verrückt erklären wollte. „Was haben sie vor?" „Ein Versuch. Wenn die Terahertzstrahlung die Mauer durchdringen kann, warum sollte sie nicht den blauen Schutzschirm durchdringen. Vielleicht sogar lahmlegen. Wenn ja hätten wir ein Mittel gegen die Quader." Edmund war selbst nicht voll überzeugt von seiner Idee. Prof Walter hingegen gibt schon Anweisungen an einige Assistenten. „In der Wüste in nördlicher Richtung ist noch ein Quader. Den haben wir noch nicht zerstört weil er weit abseits steht. Er stört uns einfach nicht. „Wie kommen wir dahin. Ich denke wir machen einfach einen Test. Dann sehen wir wie der blaue Schirm auf die Strahlung reagiert." Beim letzten Wort verschwindet Walter Richtung Ausgang. Wortlos. Kurz darauf kommen die zwei Assistenten mit einem Handwagen wieder. Darauf sehen die drei Freunde mehrere Kästen stehen. „Wir haben vier Sender mitgebracht. Sie sind noch nicht Serienreif. Aber bisher liefen alle Testreihen ausnahmelos positiv. Alle sind mit einem Richtstrahler. Das kann bei dem Versuch helfen." Ben ist erstaunt. Er war Leiter einer geheimen Abteilung gewesen. Aber von diesen Geräten hat er noch nie etwas gehört.

Walter kommt mit York zurück. Lautstark diskutieren sie. Aus der Diskussion hört Ben heraus, dass York von dem Plan nicht so erbaut ist. Immer fällt das Wort Ultrasecret. Aber Walter argumentiert damit, dass sich alles geändert hat. Und vielleicht hat man ein Mittel gegen die blauen Schutzschirme gefunden. Nach kurzer Zeit gewinnt der Professor die Oberhand, York stimmt zähneknirschend zu. Aber nur unter der Bedingung das eine Gruppe seiner Leute das Experiment begleitet. Er ist der Meinung, dass diese Sender nicht in falsche Hand geraten dürfen. Dafür ist die Technologie zu geheim. Eine Stunde später haben sich Walter mit den drei Freunden auf dem Vorplatz begeben. Dort stehen zehn Mann in schwarzer Kleidung... Yorks Männer. Die Assistenten bringen die Sender gerade raus. Sofort werden sie auf ein Pferd geladen. Die Gruppe ist schon aufgesessen. York spricht nochmal mit Walter: „Denken sie daran. Meine Leute sind zum Schutz der Geräte da. Rein für das Experiment dürfen sie die Sender einsetzen. Alles andere wird unterbunden. Falls notwendig mit Waffengewalt." Der Professor nickt nur und dreht sein Pferd. Alle anderen reiten auch los. Richtung Norden verlassen sie den Platz. Gute zwei Stunden Weg liegen vor ihnen.

Laura und Freddy haben sich ganz klein gemacht. Juan hat sich hinter einem Felsen postiert. Der Blaue hat seine Richtung noch nicht geändert. Auf seinem Weg muss er genau auf Laura treffen. Freddy hat sich leicht mehrere Meter zur Seite gerollt. Keinem der Drei ist wohl zumute. Der Blaue hat den Kamm erreicht. Im gleichen Augenblick wir er auf Laura aufmerksam. Doch zeitgleich stehen Juan und Freddy mit Waffe im Anschlag zu beiden Seiten. Der Blaue steht nur da. Ohne eine Regung. Auch die Drei bewegen sich nicht. Laura weiß nicht was sie machen soll. Darum sagt sie nur „Hände hoch… keine Bewegung" Immer noch bewegt sich der Blaue nicht. Die Statur ist menschlich. In dem Anzug sieht man kein Gesicht. Schlagartig dreht er sich herum und will zurück. Juan und Freddy stürzen sich auf ihn. Es entsteht ein Gerangel und der Blaue liegt unter beiden. Kurz drauf drehen sie ihn um, so dass er sitzen kann. Juan bekommt beide Arme auf den Rücken des Fremden. Freddy hält mit aller Kraft die Beine fest. Laura hat ein Seil und fesselt die fremden Hände. Kein Ton ist von dem Blauen zu hören. Juan pfeift dreimal. Die beiden Pferdewachen kommen. Noch immer sitzt der Blaue regungslos auf dem Boden. Mit vereinten Kräften stemmen sie den Fremden hoch auf die Beine. Wehrlos lässt er alles über sich ergehen. So führen sie ihn runter ins Tal zu den Pferden. Laura wirft einen letzten Blick zu dem Schiff. Es deutet nichts darauf hin, dass der Vorfall vom Schiff beobachtet wurde. ‚So weit so gut' Laura

kommt als Letzte im Tal an. Zwischenzeitlich wurde der Fremde gefesselt. Nun zeigt sich ob er sich seinem Schicksal ergibt und zur Area gebracht werden kann. Juan denkt schon daran, dass es wohl riesigen Ärger geben wird. Aber noch haben sie einen weiten Weg vor sich. Und noch ist nicht klar wie der Rest der Besatzung des Dreieckes auf das Verschwinden ihres Kameraden reagiert.
So machen sie sich auf den Weg. Wie willenlos trabt der Blaue zwischen den Pferden mit. Auch das fremde Gerät hat der Trupp mitgenommen. Nach kurzer Zeit kommt der Trupp aus den Bergen. Nun liegt die offene Wüste vor ihnen.

Ben und Samuel unterhalten sich: „Ich dachte wir hatten einen Hightec-Sender an der Sonde. Aber gegen diese kleinen Sender war unser Gerät ja fast vorsintflutlich. Und auch die Leistung. Highman wäre entzückt. Schade, dass er nicht hier ist." „Hoffen wir mal, dass Edmunds verrückte Idee irgendein Ergebnis bringt. Es wäre zu schön wenn es klappen würde." Skepsis steht Ben im Gesicht. Es kommt Unruhe in die Gruppe. Weit voraus sieht man ein blaues Schimmern. Die Stunde der Wahrheit kommt schnell näher. Keine zehn Minuten später sind sie beim Quader. Auch hier erfüllt ein Summen die Luft. Die schwarze Sonne zieht langsam ihre Bahn. Aber es ist fast unerträglich heiß.

Alle sind abgesessen. Die Assistenten haben zwei Sender bei sich. Die Batterien werden von zwei der schwarz gekleideten Wachen gebracht. Nun stehen alle zusammen und starren den Quader an. Walter durchbricht die Stille. „Vom rumstehen bekommen wir keine Ergebnisse. Fangen wir an. Gott stehe uns bei." Sofort wird der erste Sender an eine Batterie geklemmt. Walter schaut nochmal zum Quader Ben, Hiro und besonders Edmund sind total nervös. Da drückt Walter den Schalter. Erst passiert… nichts. Aber plötzlich wird aus dem Summen ein Brummen. Immer schriller. Dann flackert der blaue Schirm. Und mit einem Schlag ist es absolut ruhig. Und der blaue Schirm ist verschwunden. Alle stehen wie angewurzelt da. Hiro hebt einen Stein auf. Edmund nickt ihm zu. Da fliegt der Stein Richtung Quader. Dann ein metallisches „Plong". Der Stein hat den Quader getroffen. Es ist passiert was jeder gehofft, aber womit keiner gerechnet hat. Die Terahertzstrahlung neutralisiert den Schutzschirm. Aber nun kommt der nächste Teil des Experiments. Walter schaltet den Sender aus. Gleichzeitig wird die Batterie abgeklemmt. Aber es passiert nichts. Kein Summen… kein Brummen… kein blauer Schirm. Mit einem Schlag brandet Jubel auf. Die Männer liegen sich in den Armen. Ein erster kleiner Sieg… geboren aus einer verrückten Idee. Edmund steht allein ein paar Meter entfernt. Samuel wendet sich zu ihm, er hat eine Zigarette im Mundwinkel. „Woher wusstest du?" Edmund sagt nichts. Er setzt sich nur hin, nimmt seine Wasserflasche und ein großer Schluck rinnt durch seine Kehle. Der Professor lässt es sich nicht nehmen den Quader äußerlich zu untersuchen. Aber auf dem ersten Blick sieht man nur eine absolut glatte tiefschwarze Oberfläche. Einer der Assistenten hat ein Bandmaß. Der Quader misst 1,13 Meter in der Höhe und hat eine Kantenlänge von 65 cm. Ruskow horcht auf. Diese Maße müssen für die Fremden eine wichtige Bedeutung haben. Hiro redet mit Walter: „Das Schiff hat eine Länge von 113 Metern, am Heck waren es genau 65 Meter." Walter macht sich zu allem Notizen „Irgendwie müssen wir den Quader in die Area bekommen. Da haben wir die Mittel es genau zu untersuchen" Walter redete mit seinen Assistenten. „Gibt es keine Kutsche mit Flaschenzug?" Ben wollte, genau wie Walter, den Quader im Labor sehen. Darüber entsprang auf dem Rückweg eine rege Diskussion.

…

Über die Hälfte der Strecke ist geschafft Die schwarze Sonne steht nur noch ein wenig über dem Horizont. Juan bildet die Nachhut. Als er sich umschaut sieht er eine Staubfahne Richtung Berge. „Scheinbar bekommen wir Besuch." Lauras Kopf schnellt erschrocken nach hinten. ‚Weit und breit keine Deckung. Und noch mindestens eine halbe Stunde von der Area entfernt.' Offenbar haben die Blauen eine Suchmannschaft entsendet. Die

Fünf wissen, dass sie sich auf kein Gefecht einlassen dürfen. Niemand weiß, welche Waffen die Fremden haben. Vor Ihnen liegt ein flacher Graben. Laura befiehlt einen der Soldaten sofort zur Area zu reiten und schnellstens mit Verstärkung zurück zu kommen. Die anderen Vier richten sich zur Verteidigung ein. Vier Sturmgewehre und jeweils acht Magazine. Gefechtsbereit sieht anders aus. Die Staubfahne kommt nur langsam näher. Zugleich geht die Sonne unter. Kurz darauf bricht die Nacht herein. Es ist stockdunkel. Die vier liegen immer noch im Graben. Laura, Freddy und Juan versuchen zu schlafen. Der vierte GI hält Wache. Aber... nichts ist zu sehen… nichts ist zu hören. Nach endlosen Stunden graut der Morgen. Von den Fremden ist nirgendwo etwas zu sehen. Die letzten Wasserrationen werden aufgebraucht. Zurzeit schläft die Nachtwache. Auf einmal springt Hellmann auf, winkt und schreit. In einiger Entfernung taucht ein Reitertrupp auf. Die Verstärkung. Mit dabei eine provisorische Kutsche. Als erster springt York vom Pferd. Krebsrot und wütend kommt er auf Laura zu. „Das wird noch Konsequenzen haben. Sie haben ganz klar gegen ihre Befehle verstoßen." „Ihnen auch einen guten Morgen." Laura ist ganz ruhig geblieben. Solche Anranzer bekam sie schon oft.

Aber von einen Zivilisten... das ist neu. „Es war nicht zu vermeiden. Der Feindkontakt ging von dem Blauen aus. Wir hatten keine Möglichkeit auszuweichen." York beruhigt sich. Laura erklärt, dass es von Vorteil sein kann, einen Blauen gefangen zu haben. In der Zwischenzeit wurde der Fremde auf die Kutsche verfrachtet. Seltsamerweise leistet er nicht den geringsten Widerstand.

Nun ist die Gruppe in der Area angelangt. Von den anderen Blauen haben sie den ganzen Rückweg nicht gesehen. Eine ganze Anzahl Forscher kommen aus den Gebäuden. Eine Zäsur. Erstmals in der Geschichte sind Außerirdische auf der Erde. Und dann noch ein Gefangener. Sofort wird er in das ehemalige Bio-Labor gebracht.

Nicht viel später trifft auch die Gruppe um Professor Walter ein. Immer noch sind sie am Diskutieren. Alle halten die Mission für einen vollen Erfolg. Edmund und Ben treffen Laura in der Kantine. Sofort berichten sie ihr von dem Ergebnis. Laura hört gespannt zu. Dann lässt sie ihre Bombe platzen. „Auf unserer Spähmission hatten wir unvermeidbaren Feindkontakt. Wir hatten schon einige Zeit das schwarze Dreieck beobachtet, als dann ein Blauer, so nennen wir sie wegen dem blauen Anzug, genau auf unseren Standort zukam. Ein Rückzug war definitiv nicht möglich ohne gesehen zu werden. Also entschlossen wir uns, Juan, Freddy und ich, den Fremden gefangen zu nehmen. Zu unserem Erstaunen klappte es besser als gedacht. Fast wehrlos ließ er sich überwältigen.

Ehrlich gesagt kommt uns das schon ein wenig seltsam vor." Edmund dachte nach. „Vielleicht kann man die Terahertzstrahler auch gegen das Dreieck einsetzten? Wenn der Schutzschirm von dem Quader zusammenbrach... vielleicht kommen wir bei dem Schiff zu dem gleichen Ergebnis." Laura hält so eine Aktion für sehr Risikoreich. Sie betont, dass man absolut nichts von den höchst wahrscheinlich vorhandenen Waffen der Blauen weiß. Im schlimmsten Fall könnte es zu enormen Verlusten kommen. Trotzdem gehen sie die Sache durch. Hellmann hat sich zwischenzeitlich dazugesellt. Sein Vorschlag hört sich nicht schlecht an. „Wir könnten mit zwei Gruppen einen Zangenangriff fahren. Eine Gruppe schleicht sich links vom Kamm so nahe wie möglich an das Schiff ran. Diese Gruppe ist die Strahlergruppe. Die andere Gruppe geht auf den Kamm. Zu einer bestimmten Uhrzeit schießt die Kammgruppe. In derselben Zeit rückt die Strahlergruppe vor und bestrahlt das Schiff." Juan zeichnet dazu einen Gefechtsplan. Sie kommen im Endeffekt auf ca. 150 Soldaten plus Wissenschaftler für den Einsatz. Hellmann erklärt, dass dies fast die Hälfte der Besatzung sei. Ben erklärt sich bereit diesen Plan York vorzulegen. Dieser befindet sich im Biolabor. Mehrere Forscher stehen um den Blauen herum. Im Hintergrund halten zehn Mann Wache. Bisher ist jede Art von Kommunikation vergeblich gewesen. Absolut keinerlei Reaktion kommt von dem Blauen. Auch hat man sich bisher nicht getraut den Helm zu öffnen. Man nimmt an das es einer ist. Wie eine Statue liegt der Blaue auf der Liege.

Alarmgeschrei hallt über das Area-Gelände. Irgendwo hört man wild eine Glocke klingen. Edmund rennt in Begleitung von Laura und Juan hinaus. Was sie sehen macht ihnen gewaltig Angst. Im Norden über den Bergen sieht man das schwarze Dreieck. Eingehüllt in seinem blauen Schutzschirm. Langsam schwebt es in Richtung der Area 51. Damit hat sich jegliche Planung für einen Einsatz gegen das Dreieck zunichte gemacht. Die Fremden kommen zu ihnen. Der Alarm hat das Areal zu einem Ameisenhaufen gemacht. Immer mehr GIs finden sich auf dem Platz ein. York steht bei seiner Truppe. Zwei Geschütze werden in Stellung gebracht. Das Schiff kommt langsam näher. Die schwarze Sonne neigt sich immer mehr. Dadurch ist der blaue Schirm des Schiffes noch intensiver. Walter steht auch vor dem Gebäude. Fasziniert schaut er zu dem Schiff. Hinter ihm kommen Männer mit Handwagen aus dem Laborgebäude. Sie haben alle Terahertzstrahler mitgebracht, die es gibt. Das Dreieck ist noch schätzungsweise fünf Kilometer entfernt. Immer wieder kommt ein breitgefächerter Strahl aus dem Schiff. Als ob der Boden abgetastet würde. York hat seine Leute auf die Gebäude geschickt. Andere Trupps haben sich auf dem Gelände verteilt Auch die auswärtigen Wachtruppen sind informiert.

Gut sichtbar sinkt das Schiff tiefer. Völlig lautlos schwebt es heran. Juan und Laura sitzen mit Freddy Hellmann über dem Labor im Hügel. Mehr als mulmig zumute beobachten sie die Szenerie. Schlagartig knallt es zweimal. Die Geschütze haben Warnschüsse abgegeben. Unbeeindruckt kommt das Dreieck jedoch näher. Nicht mehr lange und es ist in Reichweite der Strahler. Walters Team steht bereit. Umgeben von Soldaten warten sie auf ihren Einsatz Der blaue Strahl hat den Beton des Platzes erreicht. Nun schwebt das Schiff keine zehn Meter über dem Boden. Aber es passiert nichts. Keine Luke öffnet sich. Keine Waffe ist bisher eingesetzt worden. Nur im Bio-Labor hat sich der Fremde schlagartig aufgerichtet. Und ihn herum leuchtet es immer wieder in intensiven Blau auf. Mit einmal lösen sich seine Fesseln und Handschellen auf. Zwei der Wachen reißen ihre Gewehre hoch. Bevor sie schießen können lösen auch sie sich auf. Alle anderen Anwesenden flüchten aus dem Labor und versiegeln es. Der Fremde nimmt sofort Kurs auf den Ausgang. Niemand versucht mehr ihn aufzuhalten. Ohne anzuhalten läuft er durch das schwere Stahltor. Es hat sich einfach aufgelöst.

Auf dem Platz lösen sich die beiden Geschütze in einem blauen Strahl auf. Das Team mit den Strahlern hält noch seine Stellung. Aber nun sind es nur noch Freiwillige. Darunter auch Professor Walter. Ben, Hiro und Edmund haben mit anderen Männern die Strahler. Sogar Emma ist dabei. Sie steht bei einer Batterie daneben. Walter hält

den Arm hoch. Man sieht drei Finger. Dann zwei, einen und dann keinen mehr: In diesem Augenblick schließt jeder eine Batterie an. Ben ruft laut:
„Feuer!" Augenblicklich stoppt das Schiff. Sekunden später hallt ein Summen über den Platz. Erste Schüssen sind zu hören. Aus dem Summen wird ein Brummen. Das Brummen geht in ein Kreischen über. Der blaue Schirm des Dreiecks flackert erst leicht. Dann flackert es immer schneller. Und dann… Stille.
Aber der Schirm ist verschwunden. Auch der Fremde ist gerade durch die Tür. Aber nur noch sein Anzug ist blau. Kein Leuchten mehr. Sofort stürzen sich mehrere der Wärter auf ihn und überwältigen das Wesen wieder. Das Schiff steht auf der Stelle. Ein Stakkato von Schüssen trifft nun das fremde Schiff. In dem Augenblick, als der Schutzschirm verschwand war auch das blaue Tageslicht in normales Licht verwandelt. Nur die schwarze Sonne hatte sich nicht geändert.
Sekunden nach dem Schirmzusammenbruch war die Rückseite des Objektes weißglühend. Und sofort schoss es nach oben. Mit einer wahnsinnigen Beschleunigung. Jeder stand ungläubig da und schaute in den Himmel. Aber sofort war das Dreieck verschwunden.

Nach langer Zeit genossen die Menschen das normale Licht. Inzwischen lag der Fremde wieder gefesselt auf der Liege. Reglos wie vor dem Vorfall. Die Untersuchung wird langwierig sein. Aber das Team Walter wird es machen.

Der erste Sieg gegen das Unbekannte. Ein erster Schritt auf einer langen Wanderung… vielleicht zurück in eine Normalität.

Zwei Tage später machen sich die sieben Helden auf in Richtung NORAD. Herzlich verabschieden sie sich von Professor Walter, Sergeant Freddy Hellmann und natürlich auch von York.

Es ist viel passiert aber keiner hat eine genaue Erklärung für alles. Aber es gibt so manche neue Erkenntnisse für Professor Highman. Mit im Gepäck haben sie außerdem zwei Terahertzstrahler mit sechs Batterien. Ein kleines Geschenk von Walter und York. Sie freuen sich auf ein Wiedersehen mit Professor Highman, mit Maschmann und alle anderen. Aber vorher liegt ein langer Weg vor ihnen.

Ben Jenkins hatte sein Pferd angehalten. Von dem Tal schaut er zurück auf die Berge. ‚Verrückte Zeit, und es ist erst der dreißigste Tag nach der Katastrophe‘, denkt er. Dabei wirft er einen letzten Blick auf die Area 51. Über dem Berg scheint die schwarze Sonne. Daraufhin gibt er seinem Pferd die Sporen um den Anschluss nicht zu verlieren. „Wartet auf mich.“ Ein lautes Lachen kam von seinen Freunden.

Es ist erst ein kleiner Sieg gegen die Unbekannten. Die Menschheit wird auch diese Katastrophe überleben. Der Kampf hat gerade erst begonnen…

STAR MARSHAL

POLICE IN THE UNIVERSE

Autor: Uwe H. Sültz

Unsere Galaxis ist aufgeräumter geworden, nicht etwa was die Sterne und Planeten angeht, es geht um die Kriminalität. Im 25. Jahrhundert schlossen sich 128 Planeten unserer Galaxis zusammen und gründeten das **STAR MARSHAL OFFICE**. Diese Polizei im Universum hat ihr Hauptquartier auf dem Mars. Der Mars ist Lebensraum für viele Menschen geworden, aber auch viele Außerirdische leben in Städten wie Lincoln oder Grosnau. Über den Präsidenten Abraham Lincoln wissen wir natürlich vieles, auch Jahrhunderte später. Krock Grosnau ist das Oberhaupt des Planeten Amesis. Gerade er war es, der für Gerechtigkeit und Ordnung in unserer Galaxis, der Milchstraße, plädierte und die restlichen 127 Planeten zusammenbrachte. Auf dem Mars entwickelten sich mittlerweile 80 Städte. Ein Hauptgrund den Mars zum Hauptquartier zu machen, war es, dass seine Anziehungskräfte geringer sind, als auf der Erde. Denn Ursprünglich wurde die Erde als Zentrale der **POLICE IN THE UNIVERSE** auserwählt. Außerdem kreisen ständig 8 Polizei-Raumschiffe um den Mars.

„Hauptquartier an Marshal Stan Thor. Bitte melden sie sich im Einsatzkommando auf dem Mars im Star Marshal Office Raum 34.", ertönte es aus dem L-Com. Stan Thor arbeitete gerade wieder an einem uralten Colt. Im Entspannungsraum kämpfte er immer gegen virtuelle Gegner. Das waren auch schon einmal Billy the Kid und andere Revolverhelden. Seine Gedanken waren oft bei seinem Großvater. Greg Thor erzählte seinem Enkel oft etwas über die Vergangenheit. Da war eben immer dieser Sheriff aus Omaha in Nebraska am Missouri. Opa nannte ihn immer nach seinem Enkel Stan. So entstand ein Sheriff im Wilden Westen in der Erinnerung von Stan Thor. Der Star Marshal legte den alten, aber frisch geölten Colt beiseite und meldete sich über L-Com. „Thor, Stan Thor hier über L-Com. Was gibt es?" „Hier General Jackson vom Mars Hauptquartier. Stan, komm' in die Klamotten, dein Einsatz wird benötigt. Ich freue mich, dass du diesen Fall übernimmst. Wir haben uns ja lange nicht gesehen. Wir wollen uns nach deinem Einsatz treffen, geht das klar?", fragte der General. Clint Jackson und Stans Vater waren Pioniere des STAR MARSHAL OFFICE. In den Anfangszeiten kämpften sie Rücken an Rücken für Recht und Ordnung. „Geht klar, General. Ich freue mich von dir zu hören.", antwortete Stan. Der General weiter: „Gut, ich übergebe jetzt an Botschafter Kongros vom Planet

Mendrok… … … Marshal, wir benötigen ihre Hilfe. Ich habe über geheime Kanäle erfahren, dass eine unbekannte Macht die Führung unseres Heimatplaneten bedroht. Es wird wohl wieder um Erze gehen. Ich gebe den Einsatzbefehl KL-456-UG4.“ „Ich habe verstanden, Botschafter. Meine Mannschaft stelle ich sofort zusammen. Ich werde über L-Com Kontakt zu ihnen halten.“, so der Marshal. L-Com ist die Sprach- und Bildübertragung im 25. Jahrhundert. Da die Raumschiffe mit weit über der Lichtgeschwindigkeit fliegen, muss der Zeitunterschied zwischen Raumschiffen und Raumstationen ausgeglichen werden. Die genaue Bezeichnung lautet: Lichtgeschwindigkeits-Ausgleich- Kommunikator, nach dem Erfinder Professor Elias Wardenga aus Deutschland. Marshal Stan Thor machte sich nun daran, die Mannschaft aufzustellen, die für diesen Einsatz am geeignetsten zu sein scheint. In seiner Bibliothek sind alle Frauen und Männer des STAR MARSHAL OFFICE vertreten. Jetzt musste er nur noch die Verfügbarkeit abrufen. „Hoffentlich ist Korogon vom Planet Amesis abrufbereit. Er kennt seinen Heimatplanet am besten.“, murmelte Stan, auf dem Bildschirm schauend, so vor sich hin. „Ach, ich werde ihn sofort kontaktieren.“ Stan nahm das Mikrofon und schaltete L-Com auf senden. „Stan Thor über L-

Com an Marshal Korogon… bitte melden… Dringlichkeitsstufe 999ROT3." Jetzt konnte es einige Zeit dauern bis der Kontakt hergestellt wird. Der Lichtgeschwindigkeits-Ausgleich-Kommunikator musste schließlich viel berechnen. War Marshal Korogon nur „um die Ecke" oder viele Lichtjahre entfernt zu finden? Stan Thor schrieb in der Wartezeit seine Liste weiter zusammen. „Mmh… auf jeden Fall will ich Gains dabei haben, auf jeden Fall." Marshal Greg Gains war Stans Freund seit der Kindheit. Beide gingen den Weg der Polizei-Schule gemeinsam. Beide konnten sich jederzeit aufeinander verlassen. Beide retteten sich viele Male gegenseitig das Leben. Greg Gains ist seit 20 Jahren verheiratet, 2 Kinder, ein Haus in Florida. Es war eines der letzten Grundstücke in Florida, welches durch den Präsidenten vergeben wurde. Gains war maßgeblich daran beteiligt, dass der Präsident heute noch lebt. „Hi, hier Korogon. Alles Roger bei dir, Stan?", ertönte es aus dem L-Com. „Na, du wirst ja auch immer amerikanischer, Korogon. Ich freue mich, dass du dich meldest.", sagte Stan Thor. „Ist doch klar. Ich habe bereits auf deinen Anruf gewartet. Auf meinem Heimatplanet ist ja wohl die Hölle los.", so Korogon. „Stimmt, gib mir doch bitte Informationen. Um welche Erze handelt es sich?", fragte Stan Thor. „Krysilium, Stan, es handelt sich um Krysilium. Es ist leicht zu verarbeiten. Wird Krysilium langsam unter Druck gesetzt, dann gibt es kontinuierlich seine Energie frei. Schlägst du auf Krysilium, dann explodiert es mit einer unvorstellbaren Kraft.", erklärte Marshal Korogon. „Unglaublich, dieses Krysilium. Übrigens, wo bist du gerade?", so die Frage von Marshal Thor. „Ich stehe bei dir vor der Tür! Haste mal ein Bier?"

Jetzt gingen die Marshals die Liste durch. Sie entschieden sich für Marshal Gains, Marshal Stark vom Planet Demus, Marshal Ricardo von der Erde, sowie die Deputys Norgon und Fenston von der Einsatzzentrale Kredok 07. Dazu kommt natürlich noch die ständige Besatzung des Polizei-Raumschiffs STAR MAR 8.

Keine 12 Stunden später startete dann das Raumschiff. Bis zum Planet Mendrok waren es gute 3 Tage Flugzeit bei 6-facher Lichtgeschwindigkeit. „Marshal Stan Thor an das Mars Hauptquartier." „Hier Mars Hauptquartier, bitte sprechen sie, Marshal." „Wir sind auf dem Weg zum Einsatzort. Bitte übermitteln sie alle Informationen und Daten über L-Com. Wir melden uns und geben einen Statusbericht. Marshal Stan Thor... Ende."

Kurz vor ihrem Ziel ging die STAR MAR 8 auf Unterlichtgeschwindigkeit. Provokativ und siegessicher patrouillierten drei Raumschiffe

versetzt um den Planet Mendrok. „Projektor
einschalten!", befahl Marshal Thor. Der Ton wurde
nun Ernst. Vorbei mit „haste mal ein Bier", jeder war
sich der Aufgabe bewusst. Jeder wusste, dass
Krysilium eine ungeheure Macht in den Händen von
Terroristen ist. Jeder war aber auch bereit, sein
eigenes Leben für viele Milliarden Lebewesen im
Universum zu opfern. Denn es sind die Star Marshals,
die im Weltraum für Recht und Ordnung sorgten.
„Projektor ist eingeschaltet, Marshal.", verkündete
der Navigator der STAR MAR 8. Der Projektor
projizierte nun den Weltraum, der hinter dem
Raumschiff zu sehen war, vor das Raumschiff. Dazu
waren insgesamt 8 Projektoren nötig, die an allen
Ecken des Schiffs eingebaut waren. Marshal Korogon
rief: „Es sind Trüpiden-Schiffe!" „Erkläre das
genauer.", antwortete Stan Thor. „Mit den Trüpiden
hatte wir schon einmal zu tun. Über etliche
Jahrhunderte und von Generation zu Generation
reisten sie im Tiefschlaf in unsere Galaxis, um nach
Beute zu suchen.", erklärte Korogon.
„Ich orte zwei verschiedene Arten von Lebensformen
im Amtssitz auf dem Planet Mendrok.", analysierte
der erste Offizier der STAR MAR 8. „Und ich erkenne
auf dem Bildschirm ein weiteres Schiff der Trüpiden.",
sagte der Navigator aufmerksam. „Typisch.", erkannte
Marshal Korogon. „Sie halten unsere Politiker

gefangen und erzwingen Beute. Dann folgt der Raumfrachter zur Verladung." „Vorschläge!", rief Stan Thor in die Runde. „Wir vernichten die drei Raumschiffe und den Frachter!", brachte sich Deputy Norgon ins richtige Licht. „Es ist noch ein weiter Weg zum Marshal für dich.", antwortete Marshal Stark. „Sorry.", so der Deputy kleinlaut. „Krogon, kommen wir unbemerkt in euren Amtssitz?", fragte Stan Thor. „Ja, wir Marshals vom Planet Mendrok haben die Codes für die fünf unterirdischen Fluchtgeheimgänge."

„Gut, dann arbeiten wir jetzt einen Plan aus. Wieviel Zeit haben wir bis zum Eintreffen des Frachters?", so Marshal Thor. „Etwa zwei Stunden.", schätzte der Navigator. Nach 43 Minuten stand der Plan. Die Körpertransporter sollten die Marshals und Deputys in die unterirdischen Geheimgänge befördern. „Hoffentlich stimmen alle Koordinaten, mein lieber Freund Korogon. Sonst war es das mit dem Bier, dann werden wir in einem Felsen materialisiert.", lachte Marshal Stan Thor. „Ich habe alle Daten so gut wie möglich geschätzt.", flachste Marshal Krogon. „Waaas? Geschätzt?", schrie Deputy Fenston. „War nur Spaß.", erwiderte Krogon. In dem Augenblick drückte Taktiker Ross Corwell der STAR MAR 8 auf den Transportknopf. Auch Ross Corwell hätte sich an dem Befreiungsunternehmen beteiligen können, er hatte

Ausbildungen in allen Kampfsportarten absolviert. Aber er gehört zur Verteidigungscrew des Raumschiffes. Außerdem sind im Jahr 2480 das Tragen und Benutzen von Waffen nur den Marshals und Deputys gestattet. Gespannt schaute Corwell auf seine Monitore und Datenbänke. „Geschafft Leute! Sie sind gut angekommen, alle Lebenssignale sind im grünen Bereich. Bei Deputy Fenston sehe ich einen erhöhten Pulsschlag.“, sagte Corwell. „Bei dem Spaß zuvor von Korogon… kein Wunder.“, lachte der Navigator. Captain des Raumschiffs STAR MAR 8 war Lydia Gohr. Jeden Einsatz, den Marshal Stan Thor hatte, erlebte sie mit wackeligen Knien mit, denn sie war sehr an Stan interessiert. Zumal Stan auch noch ein sehr attraktiver Junggeselle war. Kurz bevor der Funke überspringen konnte, beide amüsierten sich im Freizeitraum an der Bar, wurde die STAR MAR 8 angegriffen. Beide verschoben ihr Rendezvous dann auf unbestimmte Zeit. „Maschinen auf Bereitschaft einstellen. Fluchtgeschwindigkeit in Richtung Erde berechnen. Kampfplätze besetzen, falls die Jungs Schwierigkeiten bekommen.“, befahl Lydia Gohr mit fester Stimme.

In der Zwischenzeit verteilte Marshal Stan Thor die Aufgaben im Untergrund des Amtssitzes der Führung des Planeten Mendrok. Plötzlich Geräusche. „Ruhig Männer.“, flüsterte Stan Thor. „Wahrscheinlich haben die Trüpiden die Geheimtüren entdeckt.", sagte Korogon. „Ich gehe vor, Stan. Nimm meine Ausrüstung und meine Waffen. Sie denken, dass ich ein Arbeiter wäre. Ich habe einen Plan.", so Korogon weiter. Er ging mit einer Spitzhacke in den Händen, die vor langer Zeit beim Bau der Gänge gebraucht wurde, laut pfeifend direkt auf die Kidnapper zu. „Hallo Leute, wir haben eine neue Quelle des Erzes gefunden. Nanu? Wer seid ihr denn, solch nackte Gestalten habe ich auf unserem Planeten noch nie gesehen?" Sofort schlug ihn einer der Trüpiden nieder. Nun, im Gegensatz zu den Bewohnern des Planeten Mendrok, die mit einem dichten Körperpelz ausgestattet waren, sahen die Trüpiden wirklich blass und kahl aus. Waffen wo man nur hinblicken konnte, ein militärisches auftreten, gepaart mit einem grimmigen Gesichtsausdruck. Die Marshals waren in sicherer Entfernung. „Müssen wir nicht eingreifen?", flüsterte Ricardo fragend. „Er weiß, was er tut.", so Stan Thor. Benommen stand Korogon auf. Es folgte der nächste Schlag. „Wo sind die Erze? Führe uns sofort dort hin.", ertönte es aus den Übersetzungskommunikatoren der Trüpiden. Laut rief Korogon: „Ach, könnt ihr nicht in unserer Sprache kommunizieren? Braucht ihr also Übersetzer? ÜBERSETZER braucht ihr also!" „Marshal Stan Thor verstand den Wink sofort. Bei Übersetzern spielte es keine Rolle wer spricht, es wurde alles per Computerstimme ins Trüpidische übersetzt. „Sage sofort wo die Erzquelle ist, Arbeiter, sonst…" „Keine Panik! Ich will mein Leben behalten. Folgt mir.", sagte Korogon. Er führte die vier Trüpiden direkt auf die Marshals zu. In seinem dichten Pelz hatte er eine Strahlenkanone versteckt. Blitzschnell zückte er das Ding, drehte sich um und feuerte. Gleichzeitig standen die Marshals im Gang und zogen wie in einem Western ihre Kanonen. Die Trüpiden überlebten dieses Duell nicht. Marshal Ricardo blies wie Clint Eastwood den Rauch aus dem Lauf, nur rauchte im 25. Jahrhundert nichts, es waren schließlich Laserkanonen. „Gut, dass du deine Kanone in deinem Pelz verstecken konntest, alter Freund.", freute sich Stan. „Ja, sonst fühle ich mich wirklich sehr nackt.", erwiderte Korogon lachend. „So Männer, Planänderung. Über den Übersetzungskommunikator lotsen wir so viele Trüpiden wie möglich hierher. Korogon und ich verstecken uns vor der Tür des Amtssitzes und versuchen mit dem Rest fertigzuwerden. Danach greifen wir von hinten an und nehmen die Bande ins Kreuzfeuer.", ordnete Marshal Thor an. „Lass' mich in den Kommunikator sprechen. Ich hörte, wie einer mit einem Krockzeck sprach.", so Marshal Korogon. „Mache es, wir räumen die Leichen beiseite.", sagte

Stan. „Ich rufe Krockzeck, ich rufe Krockzeck!", rief Korogon in den Kommunikator. „Du hörst dich so anders an, Nimzock. Was ist los?", ertönt es aus dem Kommunikator. „Die Erze stören den Kommunikator. Wir haben eine Goldgrube gefunden. Erze in Hülle und Fülle. Kommt herunter um uns zu helfen. Der Frachter soll sich bereit machen und die Schutzschilder runterfahren.", befahl Korogon per Übersetzungskommunikator. „Unser Frachter hat gar keine Schutzschilder. Nimzock, bist du das wirklich?", ertönte es. Die Sache schien aufzufliegen. Da fand Stan bei einem getöteten Trüpiden eine Flasche Plohm, das ist ein alkoholisches Getränk auf Mendrock und warf sie vor Korogons Füße. „Ich meine diese Schutzschilder, oder wie heißt das denn, diese Schutzetiketten vom erbeuteten Plohm, damit wir alle anstoßen können. Wir waren schließlich erfolgreich!", sagte Korogon. „Ha, ha, ha! Ja, du hast Recht Nimzock! Auf den Erfolg und die Beute!"
Die Marshals Thor und Korogon liefen schnell zum Eingang und versteckten sich. Die Geheimtür öffnete sich und 12 Trüpiden gingen lachend und siegessicher den Gang entlang, direkt in die Arme der anderen Marshals und Deputys. Diese positionierten sich geschickt zwischen den Felsen. Thor und Korogon warteten etwas, danach erstürmten sie den Amtssitz. Die beiden übriggebliebenen Trüpiden

waren ein leichtes Spiel für die Marshals. „Jetzt zu den anderen!", rief Korogon, nachdem er sah, dass die Führer des Planeten Mendrok unverletzt waren. „Warte, ich kontaktiere das Raumschiff. Marshal Thor an das Raumschiff STAR MAR 8. Bitte melden." „Hier Captain Lydia Gohr. Stan, seid ihr unverletzt?" „Ja, Lydia, sind wir. Auf mein Zeichen legt ihr euch mit den drei Raumschiffen an, nehmt auch den Frachter in Angriff!", so der Marshal. „Geht klar, viel Glück euch!", so Lydia Gohr. Von weitem hörten die beiden Marshals schon die Strahlenkanonen. Gains, Stark, Ricardo, Norgon und Fenston schossen aus allen Rohren. Norgon war leicht verletzt. Die Trüpiden hatte größere Verluste. Drei von ihnen hatten gut geschützte Verstecke. Plötzlich standen die Marshals Thor und Korogon hinter ihnen. „Im Namen des Gesetztes des STAR MARSHAL OFFICE! Ihr seid verhaftet, legt die Waffen nieder und ergebt euch!" Die drei Trüpiden drehten sich um und zogen ihre Waffen. Aber die Marshals waren schneller. Durchbohrt mit zahlreichen Schusswunden sackten die Trüpiden zusammen. Stan Thor gab sofort das Zeichen zum Raumschiff, damit Lydia handeln konnte. Captain Lydia Gohr ließ die STAR MAR 8 etwa 5000 Meter neben dem eigentlichen Aufenthaltsort projizieren. Über den erbeuteten Übersetzungskommunikator rief Marshal Stan Thor die Raumschiffe auf, sich zu ergeben. Er selbst und die anderen blieben noch auf dem Planet Mendrok, falls die Trüpiden weitere Kämpfer schicken sollten. Außerdem war es zu gefährlich, jetzt den Körpertransporter einzusetzen. Die Trüpiden Schiffe umzingelten die projizierte STAR MAR 8 und feuerten aus allen Kanonen. Sie besaßen Plasma-Bomben, die die STAR MAR 8 sofort vernichten könnte. Captain Gohr blieb auf ihrer verdeckten Position. Marshal Thor rief nochmals über den Übersetzungskommunikator: „Im Namen des Gesetztes… ergebt euch!"… … …

Jetzt war Lydia Gohr gefragt. „Antimaterie-Werfer ausrichten. Auf Fluchtgeschwindigkeit vorbereiten. Mit den Körpertransportern die Mannschaft auf dem Planet erfassen. Navigator, beobachten sie den Frachter, der will fliehen!", befahl Gohr. „FEUER FREI!"

Die Trüpiden merkten viel zu spät, dass sie aus einer anderen Richtung angegriffen wurden. Die starke Feuerkraft der STAR MAR 8 vernichtete die drei Raumschiffe sofort. „Holt uns an Board.", sagte Stan Thor über L-Com. „Jetzt den Frachter verfolgen.", so Lydia Gohr. Sie stellten den Frachter und verhafteten die Crew. Der Frachter wurde den Beamten des Planeten Mendrok übergeben, um technische Informationen über die Eindringlinge zu erhalten.

Die Crew des Frachters wurde eigesperrt und wartete nun auf ein Gerichtsverfahren.

„Bin ich froh, dass ihr alle wieder auf dem Schiff seid. Wie sieht es heute Abend mit einem Rendezvous in der Schiffsbar aus, Stan?", fragte Lydia. „Ich freue mich darauf.", erwiderte Stan. „Wir setzen die Ganoven auf Ursus 4 ab. Dort ist ein Sicherheitsgefängnis. Es sind nur wenige Lichtjahre Umweg, dann haben wir das Gesindel nicht so lange auf unserem Schiff.", ordnete der Marshal an. Das Polizei-Raumschiff startete zu diesem Planet. Der Eintrag ins Logbuch lautete: „Auftrag mit Erfolg durchgeführt. Die Führung auf Mendrok ist befreit. Auf unserer Seite keine Verluste. 18 Gefangene, die zu Ursus 4 gebracht werden. Voraussichtliche Rückkehr zum Mars in etwa 100 Stunden nach Erdenzeit. Captain Gohr... Ende."

In der Schiffsbar trafen sich abends die Marshals, Deputys und Crewmitglieder der STAR MAR 8. Es wurde gefeiert, gelacht und erzählt. Der Nahrungsreplikator erzeugte Weine aus einer längst vergessenen Zeit. „Ich habe da mal eine Frage, Captain. Wie haben Sie damals entdeckt, dass es außerhalb des Universums noch Raum gibt? Ich dachte, das Universum ist endlich.", fragte Deputy Norgon. „Eigentlich wollte ich mich jetzt amüsieren, Deputy, aber ich erkläre es ihnen gerne. Ich war gerade zwei Monate Captain auf dem Technikraumschiff LOGROS 07. Es war vollgepackt mit der neusten, aber ungeprüften Technik. Es waren Antriebserfindungen, es wurde mit Materie, Antimaterie, Dunkle Energie, usw. experimentiert. Prof. Isaak Greg war immer schon der Meinung, dass alles wie im Kleinen, so auch im Großen ist. Das Elektron kreist um den Atomkern, der Mars kreist um die Sonne, die Sonne kreist in der Milchstraße um ein Schwarzes Loch. Galaxien kreisen um riesige Schwarze Löcher. Und was ist mit dem Universum? Ist danach das Nichts? Wir testeten gerade einen neuen Antrieb mit der Dunklen Energie. Plötzlich waren wir nicht mehr im feststofflichen Universum, sondern in der Dunklen Materie. Wir schossen durch das Universum und wurden aus diesem katapultiert. Wir knallten nicht etwa an eine Wand, an ein Ende des Universums. Nein, der Raum, in dem sich das Universum ausdehnt, ist viel größer. Das Raumschiff stoppte irgendwann. Als wir im Ansatz realisiert haben, was da eigentlich passiert ist, sahen wir unser Universum so groß wie eine Wassermelone auf den Monitoren. Wir stellten die Außenkameras auf Rundumsicht. Wir sahen viele andere Universen. Prof. Isaak Greg nannte diesen Raum das Omnium. Wie viele Universen das Omnium beinhaltet, wissen wir noch nicht." Der Deputy bedankte sich und ging zur Bar, um mit seinen Freunden darüber zu diskutieren. „Stan, hier ist mir heute zu viel los, lass' uns in meine privaten Räume verschwinden.", schlug Lydia vor. Beide schlichen sich aus der Bar und verbrachten eine herrliche Nacht zusammen.

„Navigator an den Captain. Wir nähern uns Ursus 4.", ertönte es aus dem L-Com. „Ich komme sofort auf die Brücke.", antwortete Lydia Gohr. „Liebster, kümmerst du dich um die Gefangenen? Aber sei vorsichtig." Die 18 Gefangenen wurden abgeliefert. Nun nahm das Polizei-Raumschiff Kurs auf den Mars.

Alle Systeme arbeiteten einwandfrei. Plötzlich meldete sich die Stimme des Bordcomputers: „Warnung! Die Nähe eines Schwarzen Lochs wird registriert! Warnung!" „Captain, ich habe das Schwarze Loch auf dem Schirm. Es liegt auf unserer Route. Das Schwarze Loch hat seine Position stark verlagert, unsere Weltraumkarten müssen neu erfasst werden.", so der Navigator. „Übermitteln sie alle Daten zu allen 128 Planeten, die dem STAR MARSHAL OFFICE angeschlossen sind. Geben sie eine allgemeine Warnung aus.", befahl Captain Lydia Gohr. „Objekt von Backboard!", schrie der Wissenschaftsoffizier. Zu spät. Ein riesiger Eisbrocken, angezogen durch das Schwarze Loch, kollidierte mit der STAR MAR 8 und riss das

Raumschiff in Richtung Schwarzes Loch.
„Gegensteuern! Volle Kraft!", rief Gohr. „Eine
Antriebsgondel ist beschädigt. Ich kann sie nicht
aktivieren. Wir werden vom Schwarzen Loch
angezogen!", so der Wissenschaftsoffizier. „Können
wir durchfliegen oder werden wir zerfetzt?", sorgte
sich Deputy Fenston. „Wer durch ein Schwarzes Loch
fliegt, steuert innerhalb dessen auf ein Weißes Loch
zu. Der Endpunkt ist ein Paralleluniversum zu
unserem. Aber das ist Theorie, pure Theorie!",
erklärte Captain Lydia Gohr. „Die linke
Antriebsgondel ist abgerissen!", so der Navigator.
„Wir geben die STAR MAR 8 auf. Geben sie einen
Bericht zum Mars. Alle Mann von Bord. Besetzt die
Fluchtkapseln. Ich bleibe so lange wie möglich auf
dem Raumschiff und versuche die Stellung zu halten!",
rief Gohr. „Wir bleiben!", rief der Navigator. „Das ist
ein Befehl! Alle Mann von Bord!", bekräftigte Gohr.
„Ich bleibe, Lydia.", flüsterte Stan Thor.
Die Fluchtkapseln schossen mit Lichtgeschwindigkeit
in Richtung Mars. „Ich bereite unsere Fluchtkapsel
auch vor, Lydia.", sagte Stan. Stan packte auch etwa
zwei Kilogramm Krysilium ein. Damit wollte er im
Mars-Hauptquartier experimentieren. „Computer,
wann müssen wir spätestens das Raumschiff
verlassen?", fragte Gohr. „Sie erreichen den
gefährlichen Einzug in genau 3 Minuten und 45

Sekunden. Sie erreichen den Kern in 4 Minuten und 23 Sekunden. Heute ist das Wetter auf der Erde in Kalifornien sonnig. Sie sind Schach-Matt in zwei Zügen. Sie sind schwanger, Captain. Sie haben noch drei krotiokorendrendrum....", antwortete der Computer und versagte völlig. Die STAR MAR 8 drehte sich immer schneller, wurde immer näher angezogen. Die Außenkameras versagten. Das Lebenserhaltungssystem versagte. Immer mehr Systeme fielen der Anziehungskraft und dem enormen Druck zum Opfer. Lydia und Stan saßen gefangen in der Fluchtkapsel. Der kleine Monitor funktionierte noch. Die Frage war nun, wann ist der richtige Augenblick zum Starten? Geht es dann tiefer in das Schwarze Loch oder schaffen sie den Sprung in die Freiheit. „Durch die Drehbewegung habe ich berechnet, dass die zweite Antriebsgondel des Schiffs in Richtung Kern zeigt. Wir gehen auf Fluchtgeschwindigkeit und gleichzeitig schieße ich auf die Gondel. Wenn sie explodiert wird die freiwerdende Kraft uns helfen freizukommen.", schlug Lydia vor. „Ja, ist natürlich Theorie, ist schon klar.", lachte Stan mit Galgenhumor. „Übrigens lautet die letzte Botschaft der Crew, dass alle in Sicherheit sind.", ergänzte er noch.
Das Raumschiff drehte sich schneller und schneller. Lydia leitete die geplante Aktion ein. Ein Lichtblitz,

denken war jetzt unmöglich, Angst haben war unmöglich, beide umarmten sich. Als die Antriebsgondel der STAR MAR 8 explodierte, setzte sie eine enorme Kraft frei, gleichzeitig ging die Fluchtkapsel auf Lichtgeschwindigkeit.
„Captain Lydia Gohr an die Crew der STAR MAR 8. Meldet euch. Die STAR MAR 8 ist explodiert, Marshal Thor und ich sind gerettet. Bitte melden.", funkte Captain Lydia Gohr in den Raum. Keine Antwort. „Vielleicht ist unser L-Com beschädigt, lass' uns in Richtung Mars fliegen.", schlug Stan vor.

Die Zeit verging… „Ich bin übrigens schwanger.", freute sich Lydia. „Was? Ich werde Vater! Klasse!", freute sich Stan ebenso. Der Mars war in Sicht. „Was ist das denn? Der Mars ist unbewohnt. Wo sind unsere Städte? Wo ist mein Haus?". Stan war unangenehm überrascht. „Es kann sich nur um einen Zeitsprung handeln. So etwas ist noch nie geglückt. Aber was heißt geglückt. Jetzt sind wir mittendrin. Was erwartet uns? Etwa Dinosaurier?", analysierte Lydia. Sie flogen in Richtung Erde. „Ich analysiere in Europa eine hohe Bevölkerungsdichte. Mein Vorschlag ist es, wir landen geschützt im Gebiet der Rocky Mountains. Wir sind übrigens mitten im Wilden Westen. Hier können wir uns am besten eine neue Identität aufbauen.", schlug Stan vor. „Gut, ich bin einverstanden. L-Com stelle ich auf SOS. Die Energie reicht für Jahrhunderte.", so Lydia. Die Fluchtkapsel näherte sich der Stratosphäre. Lydia fuhr die Flügel aus. Jetzt sah die Fluchtkapsel wie ein Fluggleiter aus. „Ich stelle auf Schubumkehr, halte dich gut fest, Stan." Lydia landete den Gleiter vorsichtig zwischen Felsen nahe Colorado Springs.

Colorado Springs wurde gerade gegründet. „Ich erkenne Menschen in etwa 500 Meter Entfernung auf dem Monitor. Sie sind verletzt.", sagte Lydia. Lydia und Stan stiegen aus dem Gleiter und wollten zu den Verletzten, um ihnen zu helfen. Es war eine Familie, die auf dem Weg nach Colorado Springs war. Nur der Vater lebte noch. „Wo ist meine Frau? Wo meine beiden Kinder? Unser Erspartes, wo ist das?", stammelte er schwerverletzt. „Alles ist in Ordnung. Ruhen sie sich aus, wir versorgen sie und ihre Familie.", tröstete Lydia den Mann. Der Mann starb in ihren Armen. Alle wurden erschossen, das ersparte Geld war verschwunden. Ein Goldnugget fanden sie versteckt im Planwagen. Lydia und Stan zogen die Kleidung des Paares an. Stan nahm noch sein Krysilium mit, außerdem einige Bordwerkzeuge. Die Strahlenkanonen nahmen sie nicht mit, auch keine Kommunikatoren. Jetzt fuhren sie mit dem Planwagen nach Colorado Springs.

Dort angekommen, verschafften sich Lydia und Stan zunächst einen Überblick. In der Bank gaben sie das Gold ab und tauschten es gegen Dollar ein. Danach wollten sie ins Hotel. „Suchen sie eine Bleibe für ihre beiden Pferde?", fragte ein Junge. „Für einen viertel Dollar sorge ich dafür, dass die Pferde Futter erhalten, striegele sie und der Planwagen wird gut untergestellt."

„Wer bist du denn?", fragte Stan. „Pedro, ich bin Pedro. Ich sorge für meine Familie.", antwortete der Junge. Stan gab ihm einen ganzen Dollar und sagte: „Mein Name ist Marshal Thor. Wo lebt deine Familie?" „Waas? Sie sind Marshal? Ein echter Marshal?", staunte Pedro. „Ja, mein Junge, bin ich.", so Marshal Stan Thor, „Und das ist meine Begleiterin, Captain… äh, nein, ach nenne sie einfach Ms. Gohr." „Mr. Marshal, sie finden meine Familie, mich und ihren Planwagen am Ende der Straße auf der rechten Seite.", so Pedro und fuhr mit dem Planwagen los. Im Hotelzimmer überlegten Lydia und Stan ihre weitere Vorgehensweise. „Sollte die Welt im Jahr 2480 uns finden, sind wir gerettet. Wenn nicht, dann sitzen wir im Jahr 1880 fest. Aber wir machen das Beste daraus, Lydia. Ich besorge mir zunächst einmal einen Colt, für alle Fälle.", sagte Stan. „Gut, bringe mir auch einen mit. Ich bestelle inzwischen etwas zu Essen.", ergänzte Lydia. Stan besorgte eine gute

Ausrüstung. „Na, damit können sie ja Sitting Bull alleine besiegen.", lachte der Verkäufer des Geschäftes, in dem es einfach alles gab. „Ja sicher, ich hörte, dass der Wilde Westen ganz schön wild sei. Ich nehme noch eine Tüte Lutscher.", sagte Stan Thor. Auf der Straße traf er Pedro, der gerade verkünden wollte, dass er einen echten Marshal kennt. „Pedro!", rief der Marshal, „Höre mir einmal zu. Verrate noch nicht, dass ich Marshal bin. Ich habe einen Geheimauftrag, weißt du. Hier habe ich Süßes für dich und deine Freunde." „Verstehe, Marshal. Ich verrate nichts. Können sie denn auch meinem Vater helfen?", fragte Pedro. „Später, mein Junge, später." In Colorado Springs eröffneten immer mehr Saloons. Es floss viel Alkohol, der ein oder andere Tote war zu beklagen. Viele Familien zogen von Norden nach Süden, von Osten nach Westen, es war der Goldrausch, der alle in seinen Bann zog. Glück und Unglück lagen nahe beieinander. Der Sheriff der Stadt hatte viel zu viel zu tun. Die Zeit verging. Lydia und Stan ließen sich in der Kirche trauen. In 4 Wochen erwarteten sie ihr erstes Kind. „Wird es ein Mädchen, könnte es Selina heißen, wird es ein Junge, dann Korogan, den Namen gibt es auf Mendrok.", sagte Stan begeistert. Lydia lachte laut: „Stan, wir befinden uns im Jahr 1880 auf der Erde. Wir müssen Namen aus diesem Jahrzehnt auswählen. Wie wäre es mit Joe oder

Elizabeth?" „Ist in Ordnung. Hauptsache gesund.", so Stan. Es wurde dann doch ein Joe. „Das ist jetzt bestimmt Höhere Mathematik, Lydia.", sagte Vater Stan. Mutter Lydia darauf: „Verstehe ich jetzt nicht, Liebster." „Nun ja, es war eine schöne Nacht 2480. Jetzt, 1880, wurde unser Sohn geboren, dann ist er jetzt doch Minus 600 Jahre alt!", lachte Stan. Beide nahmen sich in den Arm und waren glücklich. Lydia fand eine Anstellung im Kolonialwarengeschäft Smith & Co. Stan wurde Viehtreiber, ein echter Cowboy also. Es hatte alles sehr wenig mit den Showduellen im Entspannungsraum auf dem Mars zu tun. Und mit dem Sheriff aus Omaha, die Geschichten vom Opa, gab es auch nicht viel Ähnlichkeit. Es war als Cowboy ein harter Job. Abends sprachen die Eheleute dann über ihren erlebten Tag. „War Joe brav heute?", fragte Stan. „Sehr sogar. Wenn alle so brav sein würden. Du bist ja auf der Ranch. Aber hier in der Stadt wird es immer gefährlicher. Es entsteht ein richtiger Bandenkrieg.", mit ängstlicher Stimme sagte Lydia diese Worte. „Und der Sheriff? Kommt er noch zurecht?" „Nein, die Übermacht ist zu groß."
In der Freizeit arbeitete Stan auf dem Hof von Pedro an seinem speziellen Colt. Er baute eine größere Trommel ein. Jetzt hatte der Revolver neun Schuss. Für die letzten drei Patronen verwendete er Krysilium. Nur eine Winzigkeit sorgte für eine

Explosion, ähnlich wie Dynamit. Die Trommel ließ sich leicht entnehmen, eine gefüllte Ersatztrommel hatte Stan immer in der Tasche. Aber er hatte noch mehr vor, aber alle Arbeiten kosteten sehr viel Zeit. „Mr. Marshal, darf ich dich etwas fragen?", so Pedro. „Natürlich, mein Junge. Was bedrückt dich?" „Mr. Marshal, es geht um meinen Vater. Er ist von einer Bande verschleppt worden. In einer Mine muss er arbeiten. Der Sheriff sagt, er wäre in Omaha. Aber dort sei er nicht zuständig. Mr. Marshal, kannst du helfen?" „Ich werde dir und deiner Familie helfen. Ihr habt mir und meiner Frau geholfen. Bei euch ist Joe geboren worden und ihr passt gut auf mein Kind auf. Ich verspreche, ich helfe dir."
Abends besprach Stan alles mit seiner Frau Lydia. Lydia hatte schlechte Nachrichten. In zwei Tagen erscheint hier in Colorado Springs die Stanton-Bande. Der Sheriff mobilisiert gerade Helfer. Aber wer wird schon mit Revolverhelden fertig? „Lass' mich überlegen, Lydia. Bleibe du an dem Tag im Geschäft und lasse dich nicht auf der Straße sehen. Unser Joe ist bei Pedro gut aufgehoben. Schlafen wir jetzt.", beruhigte Stan seine Frau.
Stan nahm sich für den besagten Tag frei. Er hatte so gute Arbeit geleistet, dass der Rancher Cliff Dorn ihm gern diesen Wunsch erfüllte. Morgens brachten Lydia und Stan ihren Sohn zu Pedro. Lydia ging normal zur

Arbeit. Vor dem Laden stand eine Bank. Stan Thor setzte sich mit einer Zeitung darauf und beobachtete alles. Der Sheriff war sehr nervös. Er verteilte seine Helfer. Stan Thor erinnerte sich gern an seine Deputys. Wenn er jetzt die Truppe hätte... aber die war 600 Jahre entfernt. Plötzlich kam ein Reiter und rief: „Sie kommen! Bringt euch in Sicherheit! Sie kommen!"
Eine dramatische Situation entstand. Der Sheriff stellte sich wagemutig mitten auf die Straße. „Das ist ja Wahnsinn.", dachte sich Marshal Stan Thor. Die Bande ritt in die Stadt ein. Angeführt von Bill Stanton. Fünfzehn Männer saßen bis an die Zähne bewaffnet auf ihren Pferden. Die Bewohner von Colorado Springs versteckten sich. Zwei Helfer des Sheriffs hatten die Hose voll und liefen einfach in die Kirche. „Wie ist die Lage, Stan?", flüsterte Lydia durch die etwas geöffnete Ladentür. „Die Bande fühlt sich sehr sicher, sie haben sich nicht verteilt. Ich hoffe es sind nicht mehr. Ansonsten: Fünfzehn auf einen Streich." Immer näher kam die Bande. Mit ihren Revolvern und Gewehren zielten sie auf Fenster und Türen. Sie schossen nicht, aber verbreiteten so Angst und Schrecken. Jetzt ritten sie an Marshal Stan Thor vorbei. Mit der Zeitung verdeckte er seinen umgebauten Colt. Nun standen die fünfzehn Männer vor dem Sheriff. Marshal Thor war in ihrem Rücken.

„Mach' dich aus dem Staub, Sheriff. Wir übernehmen die Stadt.", befahl Bill Stanton. „Ich verhafte euch im Nehmen des Gesetzes.", antwortete mutig der Sheriff. Die Männer positionierten sich nebeneinander vor dem Sheriff. Langsam erhob sich Marshal Stan Thor und suchte Schutz vor einem Pfosten. Lässig lehnte er sich daran, aber mit der Hand am Colt. „Ihr habt gehört, der Sheriff hat euch etwas gesagt. Ich sage hiermit, legt die Waffen nieder." Drei Männer drehten ihr Pferd in Richtung Marshal. „Wer sagt das?" „Mein Name ist Marshal Stan Thor und nun runter mit den Waffen."
Die Männer zogen ihre Revolver. Stan Thor war klar schneller. Noch drei Schuss waren offiziell in der Trommel. Bill Stanton schoss auf den Sheriff. Am Boden liegend erschoss dieser zwei Männer. Dann traf ihn eine weitere Kugel. Jetzt drehten sich zehn Männer zu Marshal Stan Thor. „Was war noch, Großmaul? Was willst du mit deinen drei Kugeln ausrichten?", so Stanton. „Ich warne euch ein letztes Mal, Waffen fallen lassen.", so der Marhal. „Macht ihn fertig!", schrie Stanton. Noch ehe die Bande ihre Kanonen ziehen konnten, erschoss der Marshal mit den drei Kugeln Bill Stanton, danach schoss er mit den Krysilium-Patronen in die Mitte der Bande. Die heftigen Explosionen warfen die Männer von den Pferden. „Nun noch einmal, ich verhafte euch im

Namen des Gesetzes.", sagte der Marshal mit ruhiger Stimme, dabei setzte er die nächste gefüllte Trommel ein. Jetzt kamen die Helfer des Sheriffs aus ihren Verstecken und brachten die Überlebenden ins Gefängnis.

Der Sheriff wurde verarztet. Noch lange Zeit erzählten sich die Bürger von Colorado Springs dieses Duell. „Ich bleibe solange mit meiner Familie in der Stadt, bis sie gesund sind, Sheriff.", sagte der Marshal. „Einen Mann wie sie könnten wir hier gut gebrauchen. Ich danke ihnen im Namen der Stadt Colorado Springs. Ich verdanke ihnen mein Leben, Marshal.", so der Sheriff. „Leider muss ich ablehnen. Ich habe einem kleinen Jungen etwas versprochen. In der nächsten Woche geht es nach Omaha."

Der Tag des Abschiedes aus Colorado Springs nahte. Familie Thor wurde mit großem Beifall verabschiedet. Stets überdeckte Marshal Stan Thor das Wort STAR auf seinem Marshal-Abzeichen. Im 25. Jahrhundert trugen die Marshals das Abzeichen, da sie sich mit den US-Marshals im 19. Jahrhundert verbunden fühlten. Um eine neue Identität aufzubauen, ließen sich Lydia und Stan ihre Dienste in Colorado Springs schriftlich bestätigen. Später nannte man dies dann Arbeitszeugnis. Jetzt waren beide echte Amerikaner aus dem 19. Jahrhundert. „Ich werde nach Omaha telegrafieren, dass ich sie als

Sheriff empfehle, Mr. Thor. Das ist das Mindeste was ich tun kann, um ihnen das Leben dort zu vereinfachen.", versprach der Sheriff von Colorado Springs.

Der Weg nach Omaha war lang und beschwerlich. Über 600 Meilen waren zurückzulegen. Der alte Planwagen musste oft von Stan repariert werden. Es war heiß. Die Sonne war mörderisch. Langsam gingen die Essens-Vorräte zu Ende. Wasser hatten sie genug, denn die Bewohner in Colorado Springs empfahlen die Route am Platte River entlang. Die Stadt Lexington war das nächste Ziel, um alle Vorräte aufzufüllen. In Lexington erwarb Stan zwei Reitpferde und alles was nötig war, um den Rest der Reise zu überstehen. Nach zwei Tagen ging es weiter in Richtung Omaha.

Die Fahrt wurde jetzt abwechslungsreicher. Hin und wieder sah man nun Eisenbahnarbeiter. Der kleine Joe verfolgte alles sehr aufmerksam. Kurz vor Lincoln sahen Lydia und Stan Rauchwolken am Horizont. „Ich reite voraus und sehe mir das einmal an. Nimm das Gewehr.", sagte Stan etwas besorgt zu seiner Frau. Er selbst nahm den umgebauten Colt mit. Vor der Reise konnte Stan noch die letzte Stufe seiner Umbauaktion erledigen. Stan ritt los. Von weitem konnte er erkennen, dass Männer auf Pferden fünf Planwagen angriffen. Waren es Indianer? Stan kam näher. Es schien eine Bande zu sein. Mit Halstüchern verdeckten sie ihr Gesicht. Bis auf 1500 Meter näherte sich Stan an. Jetzt konnte er genau erkennen, dass Frauen und Kinder in den Planwagen waren. Die Väter verteidigten sich tapfer, waren aber chancenlos. Sie waren mit der Bande völlig überfordert. Stan suchte sich eine leichte Anhöhe. Jetzt schraubte er Laufverlängerungen an seinen umgebauten Colt. Er wechselte die Trommel aus, befestigte ein Zielfernrohr und legte die Spezialmunition mit Kysilium ein. Die 1500 Meter waren locker zu schaffen. Er zielte auf die Bande. Natürlich sollten die Frauen, Männer und Kinder nicht verletzt werden. Stan schoss. Das Geschoss heulte durch die Luft. Es erinnerte Stan fast an ein startendes Raumschiff. Eine Explosion zwischen den Angreifern. Sie irrten herum. Stan schoss wieder. Eine Kugel legte er noch nach. Wieder Explosionen. Die überlebenden Angreifer suchten das Weite. Mittlerweile war Lydia mit dem Planwagen angekommen. Sie fuhren nun zu den Familien.

Die Kinder liefen Lydia und Stan schon laut rufend entgegen: „Sie haben uns gerettet, sie haben uns gerettet! Dankeschön!" Abends am Lagerfeuer erzählten alle Geschichten aus dem Leben. Für Lydia und Stan waren diese Geschichten sehr interessant, denn sie mussten sich schließlich eine Vergangenheit

aufbauen. Die Gruppe kam aus Irland und wollte sich
als Farmer in Amerika niederlassen. Zunächst
dachten sie an das Gold. Aber als Goldgräber war es
mit Kindern viel zu gefährlich. Alle zogen von Dublin
aus in den Westen. „In Dublin wohnen meine Eltern.",
sagte Lydia. „Ach, wie klein die Welt ist. Wo denn da?",
fragte Jane McReed. „Nahe des Flughafens, äh, ich
meine des Hafens.", verbesserte sich Lydia. „Ja, der
Hafen zur Irischen See ist wunderbar. Wir haben ihn
oft besucht.", so Jane.
Nun hatten Lydia und Stan ihre Lebensgeschichte.
Zufrieden legten sich alle um das Lagerfeuer zum
Schlafen.
Nach der Verabschiedung am frühen Morgen zogen
die Farmer nach Westen und Lydia und Stan weiter
nach Osten. In Omaha, nach langen 600 Meilen,
wurden sie vom Hilfssheriff Cliff Northon freudig
empfangen. „Ich habe für sie ein Hotelzimmer
gebucht. Robert kümmert sich um ihr Gepäck und
den Planwagen. Ruhen sie sich erst einmal gut aus."
Am nächsten Tag ging Stan ins
SHERIFF'S OFFICE und
erklärte sein Anliegen. „Deputy, wir wurden auf dem
Weg hierher überfallen. Irische Farmer, die nun auf
dem Weg nach Westen sind, können dies bestätigen.
Unsere Ausweispapiere sind verbrannt. Lediglich die
Arbeitspapiere für mich und meine Frau habe ich

noch." „Das ist kein Problem. Ihr Ruf eilte von Colorado Springs voraus. Ich werde alles Nötige veranlassen. Aber auch die Stadt Omaha hat ein Anliegen. Unser Sheriff ist vor 6 Tagen erschossen worden. Am Sterbebett gab er mir dieses Telegramm von seinem Freund in Colorado Springs. Sie haben dort die Stadt gerettet und das Leben vieler Bewohner. Ich möchte sie zum Sheriff von Omaha vereidigen.", so der Hilfssheriff Cliff Northon. „Ich nehme den Posten gerne an.", sagte Stan Thor. Lydia und Stan richteten sich in einem kleinen Haus am Rande der Stadt gemütlich ein. Es hätte auch noch ein größeres Haus gegeben, aber der große Stall war dann doch ausschlaggebend. Hier konnte Stan seine Arbeiten an den Feuerwaffen fortsetzen. Und gerade damit begann er sofort, während seine Frau das Haus einrichtete. Herrliche Stoffe für Vorhänge, ein wunderschönes rotes Sofa, ein Teeservice aus Germany und viele Dinge mehr, die Lust auf einen gemütlichen Feierabend machen sollten. Die Kinder aus der Nachbarschaft brachten dem kleinen Joe Spielzeug aus Holz. Lydia fand eine Anstellung als Lehrerin. Nun hatte sie keine Raumschiffcrew unter sich, sondern eine Bande lieber Kinder. Es war natürlich eine Umstellung, von Galaxien, dem Universum oder gar dem Omnium, auf die Grundrechenarten umzusteigen. Manchmal war es für Stan und Lydia auch schwer, ihr Wissen für sich zu behalten.

„Guten Morgen, Cliff. Ist ein herrlicher Tag heute.", sagte Sheriff Stan Thor. „Ja, wunderbar. Haben sie sich gut eingerichtet, Sheriff?" „Wir sind sehr zufrieden. Es sind so viele nette Menschen in ihrer, sorry, unserer Stadt." „Stimmt. Unser ehemaliger Sheriff hatte alles gut im Griff. Wir haben nur Probleme mit den Besitzern der Erzmine im Norden." „Hat der Tot des Sheriffs damit zu tun?" „Korrekt. Und ich würde denen gern das Handwerk legen." „Sagt ihnen der Name Pedro Morgeno etwas?", fragte der Sheriff. „Ja, der Sheriff in Colorado Springs sendete einmal ein Telegramm. Mehrere Mexikaner wurden verschleppt. In der Mine arbeiten viele Mexikaner. Die Besitzer, die Brüder Dennon, haben eine Festung aus der Mine gemacht. Niemand kommt rein, niemand raus. Sie selbst kommen samstags zum Bier in die Stadt und nehmen Proviant mit." „Und was geschah mit dem Sheriff." „Es gibt angeblich keine Zeugen, denn die Brüder Dennon zwangen alle Besucher des Saloons sich umzudrehen. Angeblich sollte es ein faires Duell gewesen sein. Aber der alte Hardy sagte, der Sheriff wurde von zwei Mann festgehalten." „Wo finde ich diesen Mr. Hardy?", fragte der Sheriff nach. „Erschossen. Zwei Tage nach der Aussage fand ich ihn hinter dem Pferdestall." „Morgen reite ich zu der Mine, werde die Lage einmal prüfen." „Soll ich sie begleiten?" „Nein, in der Stadt muss ein Gesetzesvertreter bleiben." „Aber Pete könnte sie begleiten. Er kennt den Weg." „Okay, damit bin ich einverstanden."

Am nächsten Morgen starteten Sheriff Stan Thor und Pete zur Mine. „Dort sind die ersten Wachposten Sheriff. Wir reiten um die Felsen herum, dann können sie den Eingang der Mine sehen.", erklärte Pete. Mit seinem Fernrohr sah der Sheriff, dass die Arbeiter ausgepeitscht wurden. Ein Mexikaner lief davon. Er wurde von einem Aufseher ohne zu zögern erschossen. Pete sagte: „ Das war Mike Dennon, er trägt ein rotes Halstuch. So ein Schwein. Aber alle sind sie Schweine." Pete war verbittert.

Am Abend beratschlagten Cliff Northon und Stan Thor die Lage. „Wir müssen einen Marshal und das Gericht einschalten.", sagte Stan. „Ich dachte, sie sind auch Marshal. So schrieb es doch der Sheriff in Colorado Springs." „Ach, das ist eine andere Geschichte, darüber reden wir später. Morgen ist Samstag. Ich nehme mir die Dennon's morgen zur Brust."

Lydia hatte ein herrliches Abendessen vorbereitet. „Was macht unser Sohn?", fragte Stan. „Er wächst und gedeiht, Liebling. Mit seinem Holzrevolver spielte er heute mit den Kindern im Hof. Soll er später auch einmal Marshal werden? Was meinst Du?" „Politiker wäre mir lieber. Wir kennen doch die Weltgeschichte." Nach dem Essen ging Stan noch in den Stall, den er sich zu einem Arbeitsraum eingerichtet hatte. Es wurde spät. „Schläfst du Schatz?" „Ich habe noch auf dich gewartet. Die Rechenarbeiten habe ich schon korrigiert. Was hast du gearbeitet?" „Ich habe den Colt weiter verbessert. Schlafe gut, mein Darling."

Der Samstag begann ruhig. Gegen 16 Uhr trafen die Dennon's in der Stadt ein. Nach dem Einkauf gingen Big Dennon, Jack Dennon und Mike Dennon in den Saloon. Sheriff Northon trat ein: „Mein Name ist Stan Thor, ich bin Sherif in dieser Stadt. Um mir einen Überblick zu verschaffen werde ich sie Montag besuchen." „Was sagt die Kakerlake?", murmelte Big Dennon. „Die Kakerlake will zum Tee kommen, Big Dad.", provozierte Mike Dennon. „Ach ja, Mike Dennon?" „Was willst du, Kakerlake?" „Ich nehme sie wegen Mordes im Namen des Gesetzes fest." Mike Dennon griff zum Revolver. Der Sheriff war schneller. „Drücken sie ab, sind sie eine Leiche.", sagte der Sheriff. In diesem Augenblick kam der Hilfssheriff mit einer Winchester in den Saloon und hielt die anderen Dennon's in Schach. Jack und Big Dennon verließen die Stadt mit der Androhung: „Ich hole meinen Jungen hier raus. Und dich, Kakerlake, vernichte ich mit einem Kugelhagel!"

Mike Dennon wurde eingesperrt. „Ich telegrafiere Richter Smith in Kansas City, aber das wird 30 Tage dauern, bis er hier ist.", sagte Cliff Northon. „Nun, ich bleibe dabei, Montag erledige ich die Bande. Es dürfen nicht noch mehr Menschen in der Mine sterben." „Sheriff, muten sie sich nicht zu viel zu, man lebt nur einmal. Aber bei dieser Brutalität ist es fraglich, ob es noch Menschen im Jahr 2100 gibt." „Mann, wenn sie wüssten.", murmelte Stan Thor.

Sheriff Stan Thor machte sich am Montag um 9 Uhr auf den Weg zur Mine. Der Sheriff wollte die Sonne im Rücken haben. Er beobachtete wie Big Dennon, Vater von Jack, Norman, Robert und Mike, die Wachen verteilte. Drei Mann patrouillierten um den hohen Zaun herum. Der Sheriff wartete ab, die drei Männer ritten auf den Eingang zu. Die Sonne stand gut. Das Mündungsfeuer des umgebauten Colts konnten sie bestimmt nicht erkennen. Ein gezielter 1000-Meter-Schuss und die drei Reiter starben an der Explosion. Das gut gesicherte Eingangstor brach zusammen. Die Dennon's und ihre Revolverhelden rannten aus dem Haus, schossen wild um sich und suchten Schutz. Der Sheriff ortete jeden von ihnen. Er schoss auf die Pferdetränke… eine gewaltige Explosion durch das Krysilium töte den Revolvermann. Der nächste 1000-

Meter-Schuss traf das Haupthaus, es ging in Flammen auf. Die Sache lief gut. Plötzlich bemerkte der Sheriff, dass hinter seinem Rücken eine Handvoll Männer auf ihn zugeritten kamen. Der Sheriff ritt um den Hügel herum, um zurück in die Stadt zu kommen. Dort angekommen sah er die aufgeregten Bürger. Mike Dennon überrumpelte den Hilfssheriff und bot den Revolverhelden Ross und Clark 500 Dollar für die Ermordung von Sheriff Thor. Clark brachte noch seine fünf Freunde mit. „Sheriff, ich habe einen Fehler gemacht. Jetzt wird die Bande unsere Stadt in Schutt und Asche legen.", wimmerte Cliff Northon.

Alles beruhigte sich wieder, denn Sheriff Thor sagte mit seiner beruhigenden Stimme: „Alles wird gut, Leute. Ich nehme den Kampf auf. Wie in Colorado Springs benötige ich den schnellsten Reiter unter euch. Er muss frühzeitig ankündigen, wann die Bande von der Mine aus losschlagen will." Stan ließ seinen alten Planwagen aus dem Stall holen. „Ist der schwer zu schieben... Sheriff... was haben sie hier verbaut?", rief Pete und quälte sich mit vier weiteren Männern. Den Wagen ließ der Sheriff vor das Office schieben. Man sah wohl, dass die Holzräder durch Stahlräder ausgetauscht wurden. Aber der Rest schien Holz zu sein. Er war nun höher als sonst, das sah man aber nicht, da das bogenförmige Planwagendach viel verdeckte. Die Bürger sollten in ihren Häusern bleiben. Lydia und Joe versteckten sich im Office. „Sie kommen! Sie kommen!", rief der Beobachtungsposten. Jetzt war die Stadt totenstill. Aus zwei Richtungen griffen die Revolverhelden an. Sie sahen den Planwagen und den Sheriff darin, sofort schossen sie aus allen Rohren. Das Planwagendach wurde weggeschossen. Der Wagen wurde durchlöchert. „Wir haben ihn! Legt die Stadt in Schutt und Asche!", schrie Big Dennon. Wie aus dem Nichts stand plötzlich der Sheriff im Planwagen und schoss im Zehntelsekundentakt auf alles was sich bewegte. Auf seinem Colt war ein langer Schacht angebracht, in dem 100 Schuss Munition waren. Die Revolverhelden waren irritiert und schossen entweder weiter oder suchten Schutz im Saloon. Der Sheriff setzte das nächste Magazin auf. Nun war die Munition mit Krysilium bestückt. 100 Schuss… unendliche Explosionen… es gab um den Planwagen herum nur noch Tote. Das Magazin war leergeschossen. Jetzt setzte Stan Thor die umgebaute Trommel mit 9 Schuss wieder in den Colt ein. Langsam ging er zum Saloon. Robert Dennon war noch nicht erledigt. Von einer Kugel getroffen stand er auf, versteckte sich hinter dem Planwagen und zielte auf den Sheriff. „Kakerlake, du bist jetzt dran!" Der Sheriff war in der Falle, er stand zwischen Planwagen und Saloon. Ein Schuss fiel. Robert

Dennon brach zusammen. Lydia zielte genau. Als Captain der STAR MAR 8 war sie geschult. „Und jetzt mache sie fertig, Sheriff!", rief sie ihrem Mann zu. Vier Mann standen vor dem Saloon und waren geschockt. Sie zogen ihre Kanonen und schossen auf den Sheriff. Die Kugeln landeten im Sand, der Sheriff war noch zu weit entfernt. Die Männer luden nach. „Ihr seid verhaftet, legt die Waffen nieder!", rief der Sheriff. Die Männer schossen weiter. Stan Thor zog den Colt. Drei Kugeln aus Krysilium schossen pfeifend durch die Luft. Explosionen... Tote. Revolverheld Frank Ross und Mike Dennon waren noch im Saloon. „Weitere 1000 Dollar wenn wir das Schwein erledigen.", bot Mike an. „Okay!", antwortete Frank Ross. Der Sheriff kam durch die Pendeltüren. Die Männer standen sich gegenüber. Der Sheriff hatte nun noch sechs normale Patronen. Es wurde nun ein echtes Duell. Ein Duell, wie es Stan Thor unendliche Male gegen Billy the Kid erlebt hatte, im Erlebnisraum auf dem Mars. Aber da war der Revolverheld virtuell. "Zieh!", schrie Mike Dennon. Der Sheriff achtete nur auf die Augen der Gegner. Er hörte nichts und sah nichts anderes. Dann das Zucken bei Frank Ross. Der zog den Revolver. Blitzschnell zog der Sheriff, mit dem Daumen spannte er den Hahn, der Zeigefinger reagierte sofort. Zwei Schuss! Die eine Kugel traf Frank Ross. Ross' Kugel traf nur die Pendeltür. Mike Dennon zog auch die Waffe. Wieder war der Sheriff schneller.

Die Stadt feierte den Erfolg. „Sheriff, was war denn nun mit ihrem Planwagen los, warum war der so schwer?", fragte Pete. „Ich habe Stahlplatten von den Eisenbahnen eingebaut.", antwortete der Sheriff. „Hey, unser Sheriff hat eine eigene Eisenbahn!", lachte Pete. „So, jetzt will ich noch los zur Mine. Ich habe dem kleinen Pedro ja etwas versprochen.", rief der Sheriff in die Runde. Der Sheriff nahm ein Bild von sich, mit seiner Frau und Joe, mit zur Mine. An der Mine angekommen fand er noch etwa eine Handvoll Mexikaner vor. „Ist Mr. Morgeno unter ihnen?", fragte der Sheriff. „Ich bin Jose Morgeno.", sagte ein Mann. „Dein Sohn hat mich geschickt. Hier sind 100 Dollar. Zeige ihm dieses Bild und grüße deinen Sohn von seinem Mr. Marshal."

Abends fielen sich Lydia und Stan in die Arme. „Was macht unser Sohn?", fragte Stan. „Er wächst und gedeiht.", lachte Lydia. „Ich erinnere mich gern an meinen Großvater. Er erzählte mir immer wieder von einem unserer Vorfahren. Ein Sheriff mit Namen Stan Thor. Er soll um das Jahr 1880 gelebt haben. Ich hielt das immer für eine spannende und erfundene Geschichte von ihm. Ist das nicht unglaublich?", sagte Stan. „Na, bei dem was wir beide so alles erlebt haben, wundert mich nichts mehr. Schlafe gut, mein Darling."

Viele, viele Jahre war Stan Thor noch Sheriff in Omaha. Jede Menge Abenteuer hatte er noch zu überstehen, denn der Wilde Westen war wild und unberechenbar, genauso wie das Universum. Lydia wurde Schulleiterin. Ihr Sohn Joe wurde in New York Richter. Bei Ausgrabungen im Jahr 1978 fand man nördlich von Omaha den Spezial-Colt und eigenartige, nicht von dieser Erde stammende Patronen, die hochexplosiv waren. Das unterlag der höchsten Geheimhaltung. 2021 fand eine Pfadfindergruppe im Gebirge westlich von Colorado Springs den Fluggleiter des Polizei-Raumschiffs STAR MAR 8. Das Notsignal SOS war immer noch aktiv. Fragen über Fragen...

STAR MARSHAL
POLICE IN THE UNIVERSE
Gefahr aus dem Omnium

Wir schreiben das Jahr 2485. In der Memorial Hall
gedenkt General Jackson der verschollenen
Mitglieder Captain Lydia Gohr und Marshal Stan Thor.
Bei einem Einsatz im Jahr 2480 kamen sie einem
Schwarzen Loch zu nahe. Sie evakuierten alle
Besatzungsmitglieder und versuchten das Polizei-
Raumschiff STAR MAR 8 zu retten. Seither gelten sie
als verschollen. Da noch niemand durch ein
Schwarzes Loch geflogen ist, will General Jackson
nicht von „getötet" sprechen. Unter den Gästen
befinden sich alle geretteten Marshals, Deputys und
Crew-Mitglieder der STAR MAR 8.
General Jackson: „Ich danke für ihr zahlreiches
Erscheinen… ich selbst gab den Einsatzbefehl KL-
456-UG4. Diese Zahlen- und Buchstabenkombination
werde ich niemals vergessen. Mit Lydia Gohr haben
wir eine erfahrene Ingenieurin, Wissenschaftlerin
und Raumschiffkapitänin verloren. Sie konnte leider
ihre wissenschaftlichen Erfahrungen vom Flug bis
ans Ende des Universums nicht mehr veröffentlichen.
Wertvolle Informationen nimmt sie nun mit in eine
andere, vielleicht parallele Welt, ich hoffe es
zumindest. Mit Marshal Stan Gohr verlieren wir einen

der erfahrensten und erfolgreichsten Hüter des Gesetzes überhaupt… und ich einen Freund."
Auch Greg Gains hielt eine Rede: „Ich vermisse beide. Lydia war eine kompetente und erfahrene Kapitänin aller Schiffe, die sie befehligte. Mit Stan verliere ich den besten Freund. Viele Abenteuer haben wir erlebt. Macht's gut Freunde, wo auch immer ihr euch jetzt befindet."
Die Gedenkfeier wurde durch einen L-Com-Ruf unterbrochen: „Hier Kontrollzentrale Mars B4. Wir haben ein Scan-Signal empfangen. General Jackson bitte melden."
Sofort verabschiedete sich General Jackson und flog zur Kontrollzentrale. „Wer ist zuständig?", fragte der General. „General, mein Name ist McLinch, ich bin Sicherheitsbeamter." „Was hat es mit dem Scan-Signal auf sich, McLinch?" „Normalerweise kommunizieren wir zwischen unseren Partnern, das sind 128 Planeten in der Milchstraße, mit L-Com. L-Com gleicht die Unterschiede zwischen Zeit und Lichtgeschwindigkeit aus. Des Weiteren hören wir die kosmische Mikrowellenhintergrund-strahlung, nicht zu verwechseln mit der kosmischen Hintergrundstrahlung.
Die Mikrowellenhintergrundstrahlung ist kurz nach dem Urknall entstanden. Nun haben wir eine zusätzliche Strahlung entdeckt. Unser L-Com-Signal

ist künstlich, von intelligenten Wesen. Die Strahlung vom Urknall ist eine natürliche Strahlung. Und genau darauf entdeckten wir eine Strahlung, die die Urknallstrahlung als Trägerfrequenz ausnutzt. Die wiederum scannt alles und jeden. Die Frage ist, wozu und wer steckt dahinter?" General Jackson war besorgt. „McLinch, das hat jetzt Priorität. Kontaktieren sie alle 128 Planeten. Eine andere Macht hat nur friedlich mit uns Kontakt aufzunehmen. Gescannt zu werden halte ich für keinen friedlichen Akt. In 24 Stunden erwarte ich sie im Star Marshal-Hauptquartier.
Auch Marshal Greg Gains wurde ebenfalls geladen. Gespannt warteten alle Anwesenden auf den Bericht. „Das Problem ist", so McLinch, „dass sich diese Scanwelle auf der Urknallstrahlung in entgegengesetzter Richtung fortbewegt. Das heißt, die Urknallstrahlung kommt aus der Region, in der der Urknall stattfand, dem Mittelpunkt also. Die Scanwelle hingegen kommt entweder vom äußersten Rand des Universums oder darüber hinaus."
„Jetzt fehlt uns Lydia Gohr. Sie flog bereits über die Grenzen des Universums hinaus.", sagte General Jackson. McLinch war überrascht: „Das verstehe ich nicht, das ist nirgendwo dokumentiert." „Es war ein Geheimauftrag. 2478 startete das Technik-Raumschiff LOGROS 07 mit Prof. Isaak Greg zu dieser

Expedition. Lydia war Captain. Der Professor experimentierte mit Dunkler Energie als Antrieb. Es funktionierte, war aber unberechenbar. Wo ist der Professor heute?", fragte der General. Marshal Norman meldete sich zu Wort: „Das Raumschiff LOGROS 07 ist zerstört. Mit meiner Crew rettete ich damals den Professor und die Mannschaft. Heute arbeitet er auf dem Raumschiff LIVER ONE." „Wir setzen die Konferenz fort, wenn der Professor hier auf dem Mars ist. McLinch, sie sind jetzt im Team. Kontaktieren sie den Professor. Und denken sie daran, Geheimhaltung dieses Projekts ist angesagt. Die Trüpiden kamen uns schon einmal dazwischen.", so der General.

Nach vier Tagen traf sich die Gruppe aufs Neue. Professor Greg brachte viele Unterlagen mit. „Professor, wir haben das Problem, dass wir so schnell es geht an den Rand unseres Universums gelangen. Was sind ihre Vorschläge?", forderte der General.
„Nun, meine Damen und Herren", begann Professor Isaak Greg seinen Vortrag und fuhr fort, „damals experimentierten wir mit der Dunklen Energie. Sie ist schwer zu bändigen gewesen. Captain Lydia Gohr und die Crew der LOGROS 07 kämpften ganz schön mit dem Schiff, um Kurs zu halten. Danach habe ich

mich zurückgezogen. Unser Außensatellit Neptun B6 konnte weitere Gravitationswellen messen. Albert Einstein entwickelte alles in der Theorie und am 11. Februar 2016 folgte der Beweis für Gravitationswellen. Es wurde bis heute zwar experimentiert, aber ich stelle ihnen nun den Durchbruch vor. Eine Gravitationswelle durchquert die vierdimensionale Raumzeit, sprich den Raum in dem wir leben, mit nur Lichtgeschwindigkeit. Abstände werden dabei gestaucht und gestreckt."
„So weit, so gut, Professor, aber mit nur Lichtgeschwindigkeit sind wir eventuellen Angreifern von außen doch völlig unterlegen.", sagte Marshal Gains.
„Ja, natürlich. Ihre Star Marshal-Raumschiffe fliegen mit Überlichtgeschwindigkeit. Nun stellen sie sich vor, sie fliegen mit Überlichtgeschwindigkeit und ich bin bereits am Ziel, bei nur Lichtgeschwindigkeit. Ich arbeite mit der von meinem Team und mir entwickelten Chromoswelle. Sie faltet den Raum wie eine Sinuswelle. Ihr Schiff muss nun die Sinuswelle abfliegen um zum Ziel zu kommen. Natürlich merken sie nicht, dass sie auf einer Sinuswelle fliegen, besser gesagt, einen gefalteten Raum abfliegen, denn der Raum scheint geradlinig.
Ich hingegen fliege gerade durch diese Sinuswelle hindurch und das nur mit Lichtgeschwindigkeit. Mein

**Weg ist nur ein Bruchteil. Hier ein Schaubild dazu.",
so der Professor.**

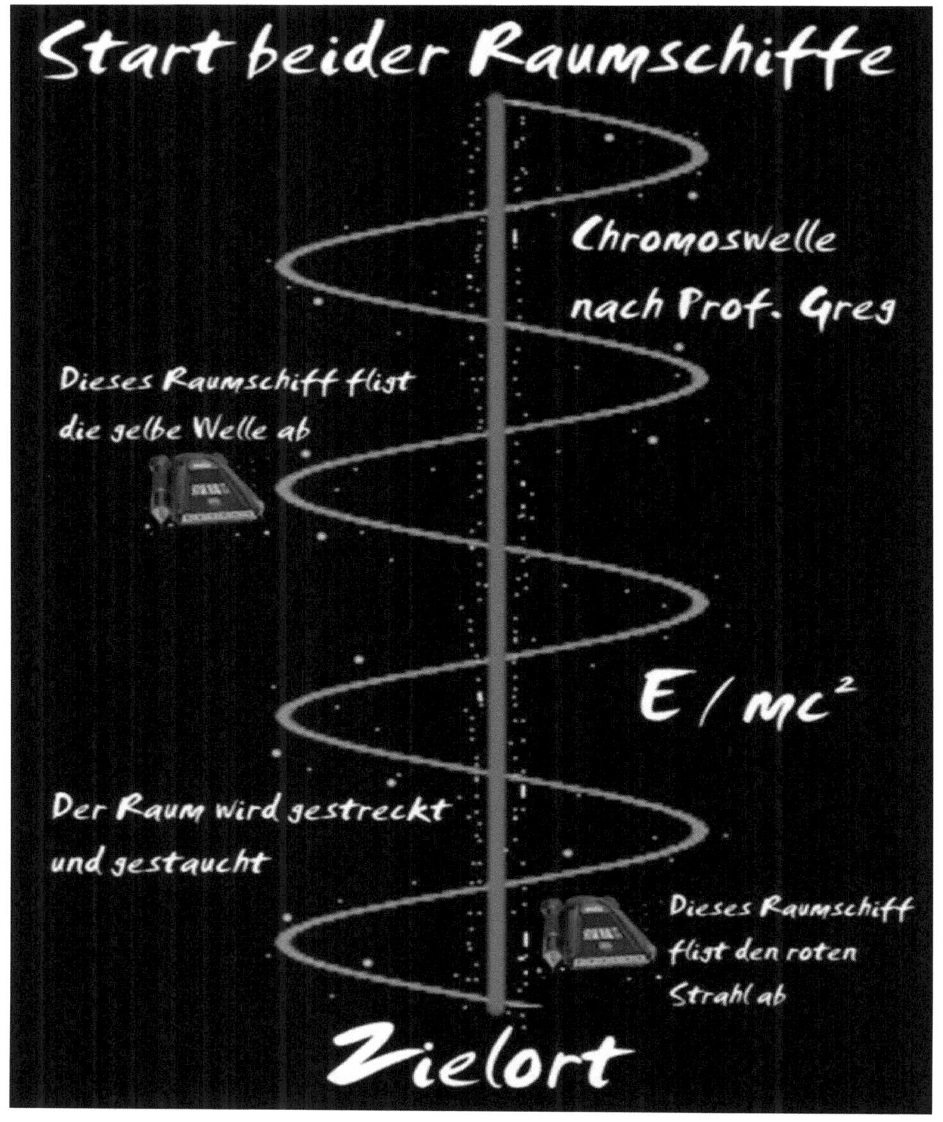

„Meine Damen und Herren. Wir wollen keine Zeit verlieren. Ich glaube, wir haben das Prinzip verstanden. Professor, ist ihr Raumschiff LIVER ONE einsatzbereit?", fragte General Jackson.
„Ja, das Schiff ist einsatzbereit. Zusätzlich können wir acht Schiffe ihrer Star Marshal-Flotte mit in die Chromoswellen-Glocke nehmen.", laut Professor Greg.
„Gut, denn wir wissen nicht was uns erwartet. Marshal Gains, sie leiten diese Aktion. Marshal Norman, sie sind ebenfalls dabei. Eine Sicherheitsmannschaft wird den Professor und seine Crew auf der LIVER ONE begleiten. Ich gebe den Einsatzbefehl KL-565-UG4.
Kommt mir bitte alle wieder zurück, ich denke da an Marshal Stan Thor und Captain Lydia Gohr.", befahl General Jackson vom Mars Hauptquartier.
Die Vorbereitungen liefen auf Hochtouren. Deputy Norgon ging mit einer Sicherheitsmannschaft auf die LIVER ONE. Professor Isaak Greg erklärte alle technischen Funktionen der Chromoswelle. „Wir haben die Möglichkeit, für uns den Raum zu verkürzen, indem wir für die Chromoswellen stauchen. Unsere Gegner müssen so einen längeren Weg fliegen.", erklärte der Professor. „Verstehe, nun müssen wir nur noch unsere Gegner kennen.", sagte Deputy Norgon.

Über L-Com ertönte: „Hier Star Marshal Hauptquartier. Die nächste Scan-Welle wurde bemerkt. Wir geben den Einsatzbefehl frei. STAR MAR 17… Marshal Gains… STAR MAR 18… Marshal Korogon… STAR MAR 27… Marshal Stark… STAR MAR 31… Marshal Fenston… STAR MAR 34 Marshal Clinton… STAR MAR 44… Marshal Wegros… STAR MAR 45… Marshal Ustinov… STAR MAR 48… Marshal Lynn. Zu erwähnen ist, dass Deputy Fenston die Prüfungen zum Marshal bestanden hat. Alles Gute Marshal Fenston. Hauptquartier Ende."

Die STAR MARSHAL-Police-Raumschiffe formierten sich um die LIVER ONE herum. Professor Greg leitete den Start der Chromoswelle ein. Ein riesiger Generator wurde eingeschaltet. Er war genau in der Mitte des Raumschiffs positioniert. Die Welle verzerrte den Innenraum. Jetzt verzerrte das gesamte Raumschiff. Nun stellte Professor Greg außerhalb der LIVER ONE den Bereich ein, indem sich alle STAR MAR-Raumschiffe befanden. Der Navigator stellte die Richtung ein, aus der das Scan-Signal ausgesendet wurde. Innerhalb der Raumschiffe bemerkte man absolut nichts von einem Falten des Raums.

3… 2… 1… START!

„Ich merke nichts. Ist der Chromoswellen-Generator ausgefallen?", fragte Marshal Greg Gains. „Im Gegenteil, Marshal, wir sind nur mit

Lichtgeschwindigkeit unterwegs und haben bereits 10% des Raums geschafft.", so der Navigator der STAR MAR 17.

„Na, das reicht ja um ein, zwei Kurzgeschichten vom Autorenteam Sültz auf Sylt zu lesen. Deren Science Fiction-Geschichten waren damals atemberaubend.", flachste der Marshal.

Die Mannschaften berieten sich über den bevorstehenden Einsatzplan. Es ist natürlich schwierig, denn den Gegner kennen sie nicht. Eines stand nur fest, es handelte sich bei der Scan-Welle nicht um ein natürliches Phänomen.

Die Mannschaften ruhten bis zum Ziel aus. Nur der Professor war im Stress. Er überwachte alle Instrumente, war aber auch zugleich sehr stolz, dass der Generator so gut funktionierte. Während des Flugs stauchte der Professor die Chromoswelle immer mehr. Das bedeutete, dass bei gleicher Geschwindigkeit immer mehr Raum durchflogen wurde. „In 28 Tagen, nach irdischer Zeit, sind wir am Ziel.", verkündete er.

„Das Ziel wird in 25 Zentilonen nach Sternenzeit erreicht werden. Die Raumzeitstauchung wird nun der normalen Raumzeit angepasst.", meldete der Zentralcomputer der LIVER ONE. Das bedeutete, das Ziel war etwa noch 14 Lichtjahre entfernt. Bei 0,2

Lichtjahren stoppte die LIVER ONE komplett. „So, meine verehrten Damen und Herren. Mein Auftrag ist erfüllt.", sagte der Professor stolz ins L-Com. Alle beglückwünschten ihn. Nun waren die STAR MAR-Raumschiffe gefragt. Erstaunt schauten sie in den leeren Raum. Hinter ihnen lag das Universum. Vor ihnen lag das Nichts, das von Professor Isaak Greg getaufte Omnium.

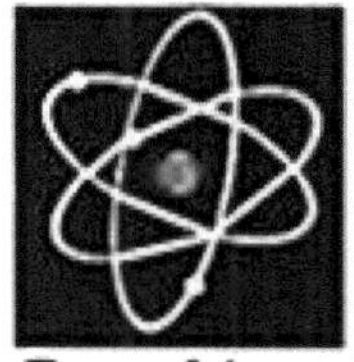

Das Atom

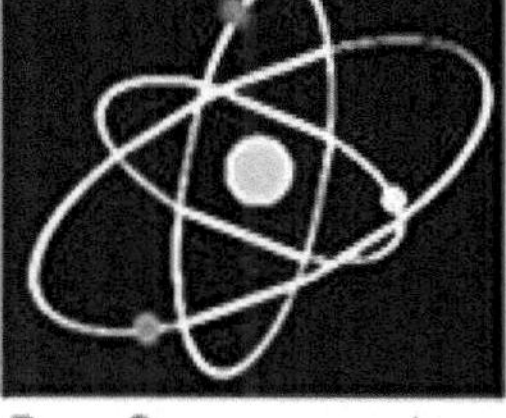

Das Sonnensystem

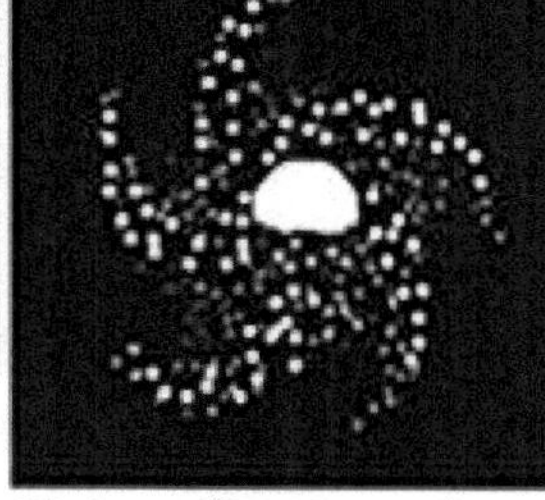

Die Galaxien

Physikalische Systeme

Objekte, die ein Ganzes sind und sich in der Raumzeit in einer Umgebung abgrenzen, sind Physikalische Systeme. Bislang fehlt der Beweis beim Universum. Überlegung: Viele Universen konnten in einem Raum sein, den man Omnium (das Ganze) nennen konnte. Dann hat unser Universum eine Umgebung

Autorenteam Sültz auf Sylt

Vom Atom bis zum Omnium

Eine Überlegung vom Autorenteam Sültz auf Sylt

Das Universum

Das Omnium

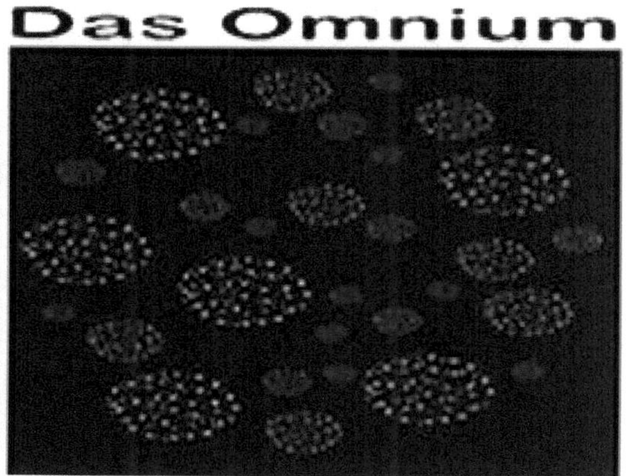

Wie aus dem Nichts standen plötzlich über 100 Raumschiffe vor den 8 STAR MAR-Raumschiffen. „Wir müssen sie von der LIVER ONE weglotsen. Verteilt euch. Fliegt in den leeren Raum!", befahl Marshal Greg Gains. Die fremden Raumschiffe feuerten sofort. Sie waren riesig. Die wendigen Polizei-Raumschiffe starteten sofort auf Überlichtgeschwindigkeit. Die fremden Raumschiffe folgten ihnen ebenfalls mit Überlichtgeschwindigkeit. „Noch nicht einmal Schiff gegen Schiff hätten wir eine Chance. Die Marshals standen eben immer schon seit dem 19. Jahrhundert einer Übermacht gegenüber. Feuern ist Zwecklos, sie sind stärker und genau so schnell… machts gut Freunde.", rief Marshal Fenston, der seinen ersten Einsatzbefehl hatte.

Über L-Com hörten sie den Professor: „Haltet sie hin, fliegt zurück ins Universum. Ich arbeite an dem Problem." Die wendigeren STAR MAR-Raumschiffe formierten sich nun und flogen hintereinander Angriffe. Von vorn sahen die Gegner nur ein Raumschiff, plötzlich griffen acht Raumschiffe an. Aber welche Formation auch geflogen wurde, es gab keine Erfolge. Die über 100 Angreifer schafften es, die acht Polizei-Raumschiffe einzukesseln. „Jetzt hilft nur noch ein Stoßgebet.", rief Marshal Clinton.

Plötzlich erfasste alle Raumschiffe eine Stoßwelle...
aus dem Universum heraus in das Omnium hinein.
Der Professor erreichte, dass die Glocke, die der
Chromoswellen-Generator aufbauen konnte, als
gewaltige Welle in eine Richtung ausgestrahlt werden
konnte. Über L-Com empfingen die STAR MARSHAL-
Raumschiffe den Code, um nicht von der Verzerrung
erfasst zu werden. Auf den gegnerischen Schiffen lief
nun alles in Superzeitlupe ab. Endlich konnte
Marshal Greg Gains sagen: „ Im Namen des Gesetztes
des STAR MARSHAL OFFICE! Ihr seid verhaftet, legt
die Waffen nieder und ergebt euch!"
Ob die Angreifer etwas hörten oder nicht. Es war der
obligatorische Spruch eines Marshals. Die Angreifer
waren nicht mehr in der Lage sich zu wehren. „Wir
werden mit den Körpertransportern eines ihrer
Schiffe entern. Da fällt mir ein, der damalige Deputy
und heutige Marshal Fenston hatte ganz schön die
Hose voll, als Stan Thor und Korogon den Zielort so
gut wie möglich schätzten. Ja, unser Stan Thor, wo
auch immer du jetzt bist...", flachste Greg Gains. Nun,
es müsste heißen „wann, nicht wo", aber das wissen
nur wir Leser vom Teil 1 der STAR MARSHAL-Serie.
Marshal Gains führte den Außeneinsatz an. Auf den
Schiffen angekommen erschraken alle. Kein
Sauerstoff, kein Lebenssignal. Maschinen taten ihren
Dienst. Sechs Arme und drei Beine, einen Kopf,

geformt wie eine nach oben geöffnete Satellitenantenne. Es schien, als wenn jede Maschine darüber Befehle empfangen könnte. In ihrer Zeitrechnung bewegten sich die Maschinen natürlich ganz normal. Auf einem ihrer Monitore war ein Fadenkreuz auf die STAR MAR 31 ausgerichtet. Der mechanische Finger einer Maschine steuerte langsam auf den Feuer-Knopf zu. Marshal Stark schlug ihn gleich ab. „Wir durchforsten ihren Computer, wir brauchen Informationen.

Schließt die Übersetzungsmodule an.", befahl Greg Gains. Anstatt Informationen, erhielt Marshal Gains einen Hilferuf. Aus dem Übersetzungsmodul kam: „Hallo, bitte helft mir. Wir sind die Moronen. Wir sind Lebewesen aus der Morontz, ihr sagt Galaxis dazu. Es gibt unzählige Morontzen, oder in eurer Sprache Galaxien. Wir waren ein hochtechnisiertes Volk. Irgendwann begannen unsere Roboter zu denken, zu kombinieren und gegen uns zu kämpfen. Nun brauchen sie unsere Gehirne. Wir müssen alles speichern, jede grausame Tat der Roboter. Sie wollen euer Universum erobern. Sie wollen euch vernichten. Sie nennen sich in eurer Sprache „Invasoren der künstlichen Intelligenz". Ihr müsst uns vernichten, unbedingt."

„Dann bist du also ein Individuum?", fragte Marshal Gains. „Korrekt, ich war Wissenschaftler, hatte 18

Kinder. Mein Name ist Rem. Auf jedem Raumschiff befindet sich ein Individuum. Es reicht aber nicht, wenn ihr nur uns vernichtet. Ihr müsst die Roboter ebenfalls vernichten, ansonsten laufen sie Amok gegen euer Universum.", ertönte es aus dem Sprachenmodul. „Wir haben nicht die Macht dazu. Hilf uns und wir helfen dir. Wo ist dein Aufenthaltsort?", fragte Gains. „Ich befinde mich im Computer- und Maschinenraum."

„Marshal Gains an Professor Greg, bitte kommen sie zu folgenden Koordinaten."

Der Professor traf ein. Nun überlegten alle, wie Rem gerettet werden konnte. „Wir haben die Möglichkeit, einen Geist, dessen Denken oder auch dessen Seele in Plasmazellen einzubinden. Auch dort ist unser Sprachenmodul integriert.", so der Professor. Rem war einverstanden. Techniker und Ärzte der LIVER ONE ummantelten Rem mit Plasma. Sofort wurde er auf die LIVER ONE gebracht und in eine Plasmazelle integriert. Rem wusste, dass es keine andere Möglichkeit gab, er starb sowieso, wenn er im Raumschiff der Roboter geblieben wäre. Im Plasma war er nun in einer anderen Dimension. In der Dimension der Verstorbenen. Aber es ist ja nur der Übergang vom feststofflichen Körper zum feinstofflichen Geist. Sofort hatte Rem Kontakt zu seinen bereits vor langer Zeit verstorbenen Freunden und Familien. Überglücklich sprach er nun: „Keine Bomben können die Roboterschiffe vernichten. Aber ihr habt etwas, was es bei uns nicht gibt... Rost. Belasst die Schiffe in dem jetzigen Zustand, es ist wie ein Schlafmodus. Überflutet dann alles mit Wasser, pumpt es ab und flutet alles mit Sauerstoff. Alles im Schiff wird nun rosten und verrotten. Aber dann müssen wir in mein Universum fliegen und die Maschinen auf meinem Heimatplaneten vernichten, denn es werden neue Invasoren folgen.“

„Einsatzbesprechung auf der LVER ONE.“, verkündete Marshal Greg Gains. „Wir haben einen neuen Freund gefunden, es ist Rem von einer anderen Galaxis, man nennt sie Morontz. Rems Kultur wurde durch Maschinen vernichtet. Diese Maschinen versuchen nun in unsere Galaxis einzudringen. Sie haben bereits alles gescannt und wollen diese Informationen nun auswerten. Früher oder später stehen sie vor unserer Tür... sie klopfen nicht... sie vernichten. Mit Rems Hilfe werden wir sie vernichten. Zunächst müssen wir ihre Schiffe mit Wasser fluten.“ Sofort begann die LIVER ONE Kometen einzusammeln. Mit Hilfe der Körpertransporter überflutete man nun die gegnerischen Raumschiffe. Rund um die Uhr arbeiteten die Transporter. 186 Kometen waren nötig, um die Schiffe randvoll zu füllen. Nun wollten sie mit den Strahlenkanonen Löcher in die Außenhaut der

Schiffe schießen, aber wie es Rem bereits sagte, die Schiffe waren unzerstörbar. Also musste alles Wasser wieder durch die Körpertransporter abgefüllt werden. Es war herrlich anzusehen, wie sich im leeren Raum neue Eisblöcke bildeten. Durch die Schwerkraft klebten sie förmlich an den Roboterschiffen. „Wir müssen Sauerstoff von unseren Lebenserhaltungssystemen in die Roboterschiffe pumpen. Hoffentlich reicht es für den Rückflug für uns.", meinte Marshal Lynn. „Ich schätze, es wird knapp.", flachste Gains. „Was? Wir schätzen wieder? So wie damals?", erschrak Fenston. „Spaß, mein Freund. Es war wie damals ein Spaß. Es reicht dicke, versprochen.", so Gains. Vier Monate dauerte diese komplette Aktion. Niemand wusste, ob die nächsten Roboterschiffe bereits im Anflug waren. Aber die Arbeiten mussten korrekt ausgeführt werden. Dann war es endlich so weit. Die acht STAR MAR-Schiffe formierten sich um die LIVER ONE. Der Chromoswellen-Generator wurde aktiviert. Der Raum wurde bis auf die höchste Stufe gestaucht, nun schoss die Formation mit Lichtgeschwindigkeit durch den leeren Raum, durch das Omnium, bis zum nächsten Universum.

Von weitem sahen alle eine eher rötliche Galaxis, von Rem „Morontz" genannt. Es deutete alles darauf hin, dass diese Galaxis älter war. Sofort begann der Professor mit seinen Messungen. Nun war es nur noch ein kleiner Weg bis zu Rems Heimatplanet. Rem selbst hatte ihn schon Jahrzehnte nicht mehr gesehen, denn sein Gehirn wurde ja in ein Raumschiff der Roboter gepflanzt.

„Das Ziel wird in 8 Zentilonen nach Sternenzeit erreicht werden. Die Raumzeitstauchung wird nun der normalen Raumzeit angepasst.", meldete der Zentralcomputer der LIVER ONE wieder.

Kurz vor dem Zielplanet löste sich die Formation auf. Die LIVER ONE blieb wieder versteckt. Die STAR MAR-Raumschiffe schwärmten aus. Mit den eingebauten Projektoren projizierten die Raumschiffe leeren Raum, so konnten sie nicht erkannt werden. Rem war über den Anblick seines Heimatplaneten sehr traurig: „Es gibt keine Städte mehr, nur noch Fertigungshallen. Ich sehe auch keine Lebewesen mehr. Meine Art ist vernichtete worden. Wenn ich doch nur wüsste, wie ich euch helfen könnte. Die robuste Mechanik ist nicht zu zerstören. Rost hilft nun leider nicht mehr." Hat der Schöpfer von Allem versagt. Entwickelte sich eine noch höhere Macht, eine unzerstörbare Macht etwa? Das kann und darf nicht sein. Der Professor überlegte mit seinem Team: „Ein Urknall erschuf ein Universum. Nun müssen wir sagen, ein Urknall, es heißt nicht mehr, der Urknall. Denn nun wissen wir, dass es viele Universen gibt. Alles ist im Omnium. Was vernichtet eine ganze Galaxis? Es ist ein Schwarzes Loch. Was wird ein ganzes Universum vernichten? Es sind viele Schwarze Löcher. Was passiert in einem Schwarzen Loch? Bislang können diese Frage nur Lydia Gohr und Marshal Stan Thor beantworten. Und die gelten als verschollen. Ist ein Schwarzes Loch nun das Ende der Existenz von Materie oder der Durchgang zu einer anderen Dimension? Wenn ein Körper in ein Schwarzes Loch gerät, so wird er zerlegt. Der Geist soll sich laut Theorie trennen und in eine andere Dimension wiederfinden. Rem, ich frage dich, siehst du in deiner jetzigen feinstofflichen Welt Lydia und Stan?" „Nein, ich kann sie nicht erkennen.", antwortete Rem in der Plasma-Box. „Also könnten sie noch leben. Da ist die Frage, wo oder wann?", sagte Deputy Norgon. „Fassen wir zusammen. Mit unseren Strahlenwaffen können wir nichts ausrichten. Mit Wasser können wir den Planet nicht überfluten. Dann muss ein Schwarzes Loch beenden, was durch den Urknall in diesem Universum schiefgelaufen ist.", so der Professor. „Das nächste Schwarze Loch ist 200000 Lichtjahre entfernt. In unserem Universum sind die Entfernungen geringer. Auch das zeigt, dass dieses Universum sich dem Ende nähert. Viele Schwarze Löcher haben sich bereits selbst geschluckt.", meinte

Norgon. „Und wie wollen wir den Roboterplanet in ein Schwarzes Loch befördern?", fragte Rem. „Wir müssen durch die Chromoswelle die Raumzeit so stark krümmen, dass der Planet durch das Schwarze Loch angezogen wird. Nur müssen wir den Generator genau zum richtigen Zeitpunkt ausschalten, sonst werden wir mit hineingezogen. Gehen wir an die Arbeit, es gibt viel zu berechnen.", so der Professor. Marshal Gains flog mit seiner STAR MAR-Flotte immer näher auf diesen Maschinen-Planet zu. Es gab scheinbar keinen Alarm. Also beschloss er mit vier Marshals auf dem Planet zu landen. Sie registrierten eine Start- und Landeeinrichtung für Raumschiffe. Darum herum riesige Hallen, in denen wahrscheinlich die Raumschiffe gefertigt werden. Alles schien etwas eigenartig zu sein. Entweder waren diese Roboter sich total sicher darüber, dass keine Macht größer ist und sie angreifen kann. Oder sie rechnen nicht damit, dass es jemand versucht und haben kein Alarmsystem. Bis auf 500 Meter flog die STAR MAR 17 eine Halle an. Jetzt wurden Marshal Gains, Marshal Korogon, Marshal Stark und Marshal Wegros mit den Körpertransportern auf das Dach einer Halle gebracht. Mechanische Geräusche waren zu hören. Die Roboter selbst kommunizierten nicht über Sprache. An der Decke hing eine Art Satellitenschüssel, nach unten gerichtet. Die Roboter haben Satellitenschüsseln, wie Köpfe, nach oben gerichtet. Das schien die Zentrale Kommunikation zu sein. Jede Fertigungshalle ist nach dem gleichen Prinzip aufgebaut. Der Scanner der STAR MAR 17 zeigte um den Planet herum etwa 21 Millionen Basen. Ja, das Wort Invasoren ist genau richtig. Eine Übermacht, der kein Planet, keine Galaxis und auch kein Universum standhalten kann. Marshal Gains schloss ein Sprachenübersetzungsmodul an die Schüssel unter der Decke an. Die Marshals hingen an Stahlträgern und beratschlagten. „Es gibt keine Kabel, es gibt einfach keine Angriffspunkte.", flüsterte Stark. Während sie weiterplanten und lediglich Vermutungen aufstellen konnten, meldete sich das Übersetzungsmodul: „Frequenz und Code gefunden und eingerichtet... die Übertragung beginnt... Roboter 6787... die letzten vier Gehirne sind in fertiggestellte Raumschiffe zu integrieren. Wir haben noch keine Rückmeldung unserer Außenraumschiffe erhalten. Die letzten vier mit Gehirnen bestückten Raumschiffe sollen zu den Koordinaten des gescannten Universums fliegen. Wir benötigen dringend weitere 6 Milliarden Gehirne um unsere Raumschiffe erfolgreich zur Invasion aller Universen im Omnium zu führen. Niemand wird sich uns in den Weg stellen können. Wir sind die Macht und die Schöpfung."

Versteinert sahen sich die Marshals an. „Das ist also der Grund, sie wollen unsere Gehirne als Speichermedium.“, sagte Korogon. „Ja, noch sind die Gehirne, die von der Natur oder Gott erschaffen wurden, besser als jede Maschine. Aber ich will nicht in einen Maschinenkörper und ewig ohne Gefühle leben. Wir brauchen einen Plan.“, forderte Gains. „Marshal Gains an Professor Greg. Wie sieht es bei euch aus?“ „Hier Professor Greg auf der LIVER ONE. Wir arbeiten an einem Plan. Verschafft uns Zeit.“ „Wie sollen wir das schaffen? Die vier Raumschiffe werden gerade mit den Gehirnen bestückt, dann starten sie.“, fragt Korogon. Noch ehe er weiter reden konnte, stürzte Marshal Wegros gewagt in die Halle und rief: „Ein Leben für Milliarden!“ Sofort schoss er auf eines der Gehirne. Vor den Augen der Marshals wurde Marshal Wegros auf eine Bahre gelegt und festgeschnallt. Jetzt öffneten die Maschinen den Schädel von Wegros. Er schrie vor Schmerzen. Nach zwei Minuten hatten die Roboter das Gehirn und brachten es zu einem der vier Raumschiffe. Wegros Körper war noch nicht gestorben. Die Roboter ließen ihn einfach auf der Bahre liegen. Arme und Beine strampelten. Mit einem gezielten Schuss töte Marshal Gains den Körper seines Kollegen. Die vier Raumschiffe waren bereit für den Start in Richtung gescanntem Universum.

Die drei Marshals konnten nicht eingreifen. Sie mussten tatenlos zusehen, wie ihr Freund nun zum menschlichen Speicher eines der Raumschiffe wurde. „Lasst uns zu unseren Raumschiffen zurückkehren, hier können wir nichts ausrichten.", sagte Marshal Gains.

Die Maschinen-Raumschiffe starteten. „Was passiert da bei euch?", fragte der Professor über L-Com ganz aufgeregt. „Professor, wir haben Marshal Wegros verloren. Er ist jetzt in einem der Maschinen-Raumschiffe. Wir werden sie verfolgen. Sie fliegen zu unserem Universum.", sagte Gains. Rem meldete sich sofort zu Wort: „Es tut mir um euren Freund sehr leid, aber ich verstehe was er vorhat. Er wird versuchen, die eigenen Schiffe zu vernichten. Ihr müsst ihm Zeit verschaffen, denn es öffnet sich demnächst ein Wurmloch, das die vier Schiffe in die Nähe eures Universums bringt." „Ja, Zeit verschaffen, das hat schon einmal nicht geklappt. Ich gehe gleich zum Kaufmann und kaufe eine Tüte davon.", flachste Gains. Sofort nahmen die acht STAR MAR-Raumschiffe die Verfolgung auf. Plötzlich meldete sich über L-Com eine Stimme: „Hier Wegros, ich bin immer noch Marshal der vereinigten Planeten. Ja Freunde, ich lebe. Ich denke... also bin ich. Die Waffen auf den Maschinenschiffen basieren auf „Materie zu Energie-Umwandlung". Das heißt, der abgesandte Strahl wandelt ein Raumschiff oder einen Planet in Energie um, die die Maschinenraumschiffe aufnehmen und verarbeiten. So sind sie unangreifbar und ewig. Es ist ein Todesstrahl. Ich versuche die anderen mit den eigenen Waffen zu schlagen, aber ihr müsst mich dann vernichten. Ich werde bestimmt erkannt und getötet. Denkt daran, jedes einzelne Maschinenraumschiff kann eine Bedrohung für alle Universen im Omnium sein.“

„Hier Professor Greg. Marshal Gains, wir trennen uns nun. Meine Berechnungen sind bald fertig. Mit der LIVER ONE werden wir uns um den Maschinenplaneten kümmern. Ihr müsst die vier Schiffe erledigen. Ich habe keine Ahnung wie. Ich weiß auch noch nicht, ob unser Auftrag zu erledigen ist. Aber die 128 Planeten, die dem STAR MARSHAL-Office unterliegen, werden es uns danken. Vielleicht sogar unser Universum. Viel Erfolg für uns alle.“

Die LIVER ONE blieb weiterhin versteckt und arbeitete an dem Plan, den Maschinenplanet in ein Schwarzes Loch zu lenken. Die acht STAR MAR-Raumschiffe verfolgten die vier Maschinenschiffe. „In 2 Millionen Kilometern öffnet ein Wurmloch. Ich greife nun meine Schiffe an.“, ertönte es aus dem L-Com. Wegros manipulierte die eigene Crew. Er suggerierte ihr, dass Feinde auf den anderen Schiffen sind und diese nun vernichtet werden müssen, um die große Invasion nicht zu gefährden. Der erste gezielte Schuss auf eines der Maschinenschiffe und es löste sich komplett auf. Die freigewordene Energie absorbierte Wegros Maschinenschiff in gewaltigen Kondensatoren. Die beiden übriggebliebenen Schiffe bemerkten den Verlust und schossen nun auf Wegros. Wegros wurde als Star Marshal als Taktiker ausgebildet. Jetzt flog er taktische Manöver, wobei die Gehirne der beiden anderen Schiffe lediglich als Speicher missbraucht wurden. Es wurde eine Strahlenschlacht. Die STAR MAR-Raumschiffe mussten in Deckung gehen. Solch eine Feuerkraft hat noch niemand gesehen. Plötzlich öffnete sich das Wurmloch. „Marshal Ustinov, fliege mit der STAR MAR 45 hinein und schließe es am Ende mit den Strahlenkanonen. Feuere alles was das Schiff hergibt ab, damit der Kanal für immer geschlossen bleibt.", befahl Marshal Gains.

Die STAR MAR 45 flog hinein. Kurze Zeit später brach das Wurmloch zusammen.
Wegros Schiff wurde leicht getroffen. Eines der anderen Schiffe taumelte durch den Raum. Das andere Maschinenschiff war noch voll intakt. „Hier Gains, feuert auf das taumelnde Schiff... gebt alle... Feuer frei!" Alle sieben STAR MAR-Schiffe feuerten.

Jetzt endlich war das Maschinenschiff verletzbar. Es schmolz zu einem Eisenklumpen im Raum. Zwischen Wegros Schiff und dem noch übriggebliebenen Maschinenschiff kam es zu einem Showdown. Beide Schiffe lagen sich im Raum gegenüber. Wegros Schiff war angeschlagen. „Wir müssen Marshal Wegros helfen. Schaltet die Projektoren ein und projiziert Maschinenschiffe in den Raum.", befahl Marshal Gains.

Sieben weitere Maschinenschiffe waren nun zu sehen. Sie richteten sich alle gegen Wegros Maschinenschiff. Man könnte denken, dass alles gegen das abtrünnige Schiff getan würde. Aber der Taktiker Wegros kannte ja seine Weggefährten.
Er lud ein letztes Mal die Waffe und setzte zum finalen Schuss an.

In der Zwischenzeit waren die Berechnungen für Professor Isaak Greg abgeschlossen. Die LIVER ONE flog auf den Maschinenplanet zu. Auf dem Planet begann ein hektisches Treiben. Viertausend Schiffe wurden ohne Speichercomputer, sprich Gehirne, bereitgestellt. Die Roboter sollten eigenständig handeln. Ohne Hauptcomputer hatten sie keinen Kontakt zum Zentralcomputer auf dem Planet, aber auch keine Taktik und Koordination. Sie waren

einfach nur brutal, machtbesessen und dumm. Es
wurde ein Rennen mit der Zeit. Die LIVER ONE war
nun nah genug am Planet. Der Chromoswellen-
Generator wurde aktiviert. Die neuen Berechnungen
und Einstellungen schienen zu funktionieren. Der
ganze Planet war nun innerhalb der Chromoswellen-
Glocke. Langsam faltete sich der Raum. Der Planet
bewegte sich natürlich nicht, dazu fehlt es an
Gravitation und Energie.
Auf den Instrumenten sah man das etwa 200.000
Lichtjahre entfernte Schwarze Loch. Jetzt stauchte
der Professor den Raum extrem. Die Schiffe auf dem
Planet wurden auf die Startbahnen geschleppt. Es sah
nicht so aus, als wenn die Zeit der LIVER ONE reichen
würde. Die Aufregung war groß. Wenn nur eines der
Maschinenschiffe starten und nur einen Schuss auf
die LIVER ONE abfeuern würde, wären alle vernichtet.

Noch 110.000 Lichtjahre sind zu überbrücken. Auf
dem Planet standen nun 6 Raumschiffe bereit.
„Holt mehr aus dem Generator heraus!", rief der
Professor.

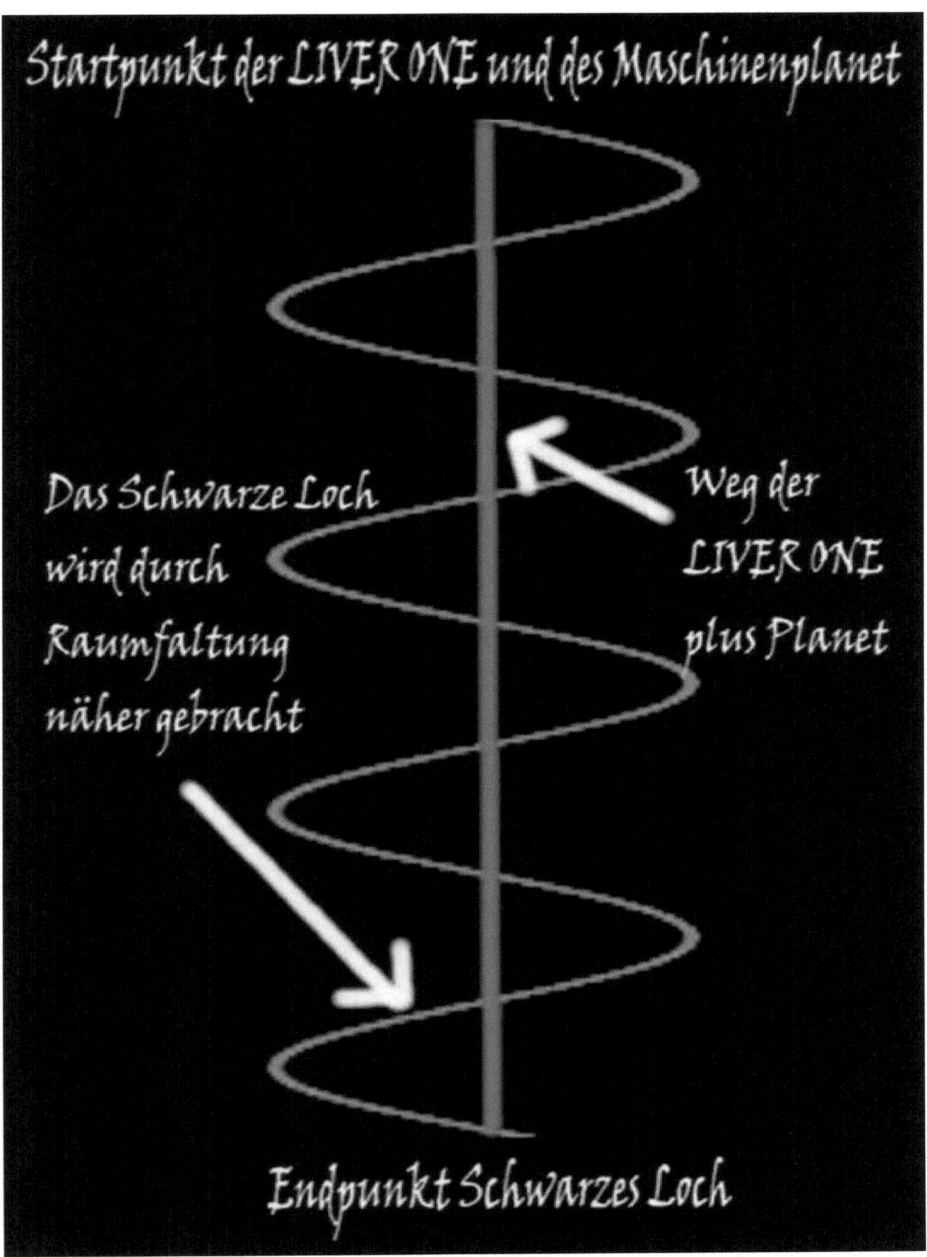

Startpunkt der LIVER ONE und des Maschinenplanet
Das Schwarze Loch
wird durch
Raumfaltung
näher gebracht
Weg der
LIVER ONE
plus Planet
Endpunkt Schwarzes Loch

Noch 75.000 Lichtjahre... die Raumschiffe der Roboter bekamen Starterlaubnis... noch 52.000 Lichtjahre... das erste Maschinenschiff hob ab... 44.000 Lichtjahre waren noch zu überbrücken... das zweite Maschinenschiff hob ab... die Raumschiffe steuerten direkt auf die LIVER ONE zu. Plötzlich liefen Minuten in Plank-Einheiten ab. Die Planck-Zeit ist der kleinste Zeitablauf in der Physik. Die Maschinenschiffe feuerten einen Strahl ab. Der kam nun Millimeter um Millimeter auf die LIVER ONE zu. Jeder Druck auf einen Schalter dauerte eine Ewigkeit. Der Computer auf der LIVER ONE meldete sich: „Daaas Zieeel wiiird iiin aaacht Zentiiilooonen naaach Steeerneeenzeiiit eeerreiiicht weeerdeeen. Dieee Rauuumzeeeitstauuuchuung wiiird nuuun deeer nooormaaalen Rauuumzeeeit aaangepaaasst." Aber die LIVER ONE reagierte nicht. Es waren nur noch 18.000 Lichtjahre zu überbrücken. Das Schwarze Loch kam gefährlich näher. Der Finger des Professors kam dem Schalter für GENERATOR AUS nur um Millimeter näher. Es war eine Frage der Zeit, wer oder was war schneller? Der zerstörerische Energiestrahl der Roboter? Die Anziehungskräfte des Schwarzen Lochs? Oder der Finger des Professors? Noch 9.000 Lichtjahre...

Noch 7.000 Lichtjahre… 5.000 Lichtjahre… 1.000 Lichtjahre… nun wirkte die Anziehungskraft des Schwarzen Lochs gewaltig. Der Finger des Professors war nur noch 2 mm vom Schalter entfernt. Der Todesstrahl eines Raumschiffs hatte noch 5 cm vor sich. Jetzt waren alle im Einzugsbereich des Schwarzen Lochs. Im gleichen Augenblick drückte der Professor den Schalter… gleichzeitig traf der Todesstrahl auf die LIVER ONE und hinterließ einen etwa 20 cm tiefen Kratzer entlang der gesamten Außenhülle. Der Planet wurde ins Schwarze Loch gezogen. Sofort veränderte der Professor die Gravitationswelle. Jetzt wurde sie gestreckt. Das Schwarze Loch entfernte sich. Der Planet war vernichtet. Die LIVER ONE flog eine riesige Schleife und setze die Chromoswelle wieder ein, um zum Vereinigungsstandort mit den sieben STAR MAR-Raumschiffen zu gelangen. „Glückwunsch Herr Professor.“, gratulierte Marshal Gains über L-Com. „Auch euch beglückwünsche ich, alle haben ihr Bestes gegeben.“, antwortete der Professor.
Alle Raumschiffe trafen sich zum Rendevous. In dem Augenblick, in dem der Planet vernichtet wurde, brach auch der Befehlseinsatz zu Wegros Maschinenschiff ab. Die Roboter reagierten nun nur noch auf die Befehle von Marshal Wegros. Zusammen formierte man sich und flog in Richtung heimatliches

Universum. Kurz vor dem Eintritt trafen sie auf die
STAR MAR 45 mit Marshal Ustinov, der das Wurmloch
außer Gefecht setzte. Gemeinsam ging es nun in
Richtung Milchstraße. Glücklicher Weise gab es keine
Verluste. Marshal Wegros war nun in einer anderen
Dimension, konnte aber mit allen kommunizieren.
Ein neuer Freund wurde mit Rem gefunden, ebenfalls
aus einer anderen Dimension. Außerdem bringen sie
noch ein Maschinenschiff mit.
Nach 28 Tagen kamen alle wieder in das heimische
Sonnensystem. Der Chromoswellengenerator
stauchte die Wegstrecke bis aufs Äußerste. „Marshal
Greg Gains an STAR MARSHAL OFFICE-Hauptquartier
auf dem Mars, bitte melden.“ „Hier Hauptquartier, wir
freuen uns auf ihren grandiosen Erfolg.“
Deputy Norgon sagte: „Oh, wir haben immer noch den
Generator auf Planetengröße eingestellt, das war
gefährlich.“ Plötzlich trafen zwei Todesstrahlen die
STAR MAR 48 und STAR MAR 44. Die Mannschaften
wurden sofort getötet, auch Marshal Lynn.
Marshal Wegros flog blitzschnell eine Schleife und
griff die im Schlepptau gewesenen beiden Roboter-
Raumschiffe an. Vom Mars-Hauptquartier feuerte
man aus allen Rohren. Sofort stiegen weitere 11 STAR
MAR-Raumschiffe auf. „Marshal Gains an alle! Nicht
schießen! Wir laden nur ihre Kondensatoren auf,
dann sind sie noch mächtiger!“ Mit eingeschränkter

Feuerkraft versuchte Wegros mit seinem erbeuteten Maschinenschiff alles herauszuholen.
Plötzlich waren die beiden ungebetenen Gäste verschwunden. Auch die LIVER ONE war verschwinden. Geistesgegenwärtig schloss der Professor die LIVER ONE und die Maschinenschiffe ein und startete mit eingeschaltetem Chromoswellen-Generator in Richtung des nächst gelegenen Schwarzen Lochs. 26.000 Lichtjahre ist es von der Erde entfernt. Wieder gab es das gleiche Phänomen. Wieder lief alles mit der Planck-Zeit ab.

Die Maschinenschiffe schossen ihren Todesstrahl ab. Der Professor hatte nun aber bereits den Finger auf dem Schalter. Noch 8.000 Lichtjahre... wieder kamen beide Todesstrahlen näher... noch 4.000 Lichtjahre... noch 1.000 Lichtjahre... die gewaltigen Anziehungskräfte reagierten auf die LIVER ONE. Der Professor drückte den Schalter... die LIVER ONE flog einen Bogen und die Maschinenschiffe wurden vom Schwarzen Loch angezogen. Wieder gab es einen 50 Meter langen Streifschuss an der Außenhaut der LIVER ONE.
Zurück zum Mars, sah Marshal Gains die Streifschüsse an der Außenhaut der LIVER ONE und flachste: „Na, mit Smart Repair ist da wenig zu machen."

Tage später wurden alle zu General Jackson eingeladen. „Ich beglückwünsche alle zu diesem großartigen Erfolg. Sie haben nicht nur unsere Milchstraße gerettet, auch nicht nur unsere Galaxis, nicht nur unser Universum, sondern das gesamte Omnium.

Ich verleihe allen den STAR MARSHAL-Sonderorden, gestiftet von allen 128 Planeten. Und ihnen, sehr geehrter Herr Professor Isaak Greg, den Ehren-Marshal-Stern.

Und ein herzliches Willkommen unserem neuen Freund aus der fernen Galaxis… Rem!"

Rem und Wegros wurden Freunde und teilten sich die Aufgaben auf dem erbeuteten Maschinen-Raumschiff. Es wird nun in die gesamte Flotte der STAR MAR-Raumschiffe integriert.

In Gedenken an den verschollenen Marshal Stan Thor wurde das Schiff **STAR THOR** genannt.

……………………………ENDE……………………………………

Folge SÜLTZ BÜCHER auf

GOOGLE